결혼이야기?

무슨 이야기들이 기어 나올지 나도 궁금하다.

―「**프롤로그**」중에서

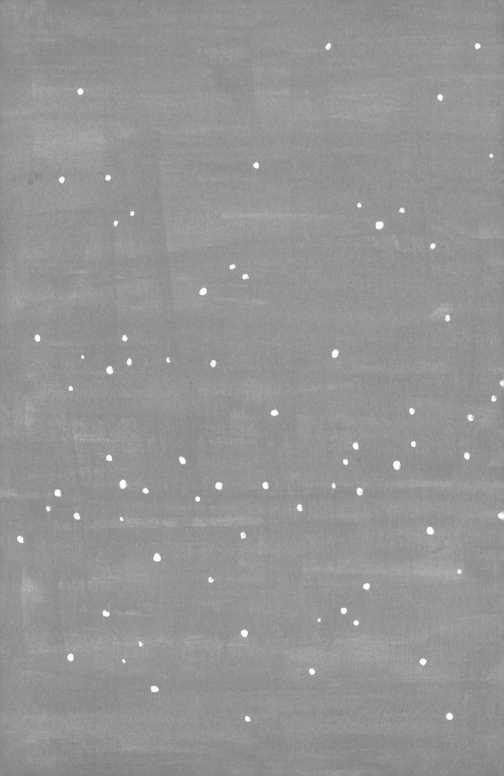

진흙탕을 놀이터로 만드는
박혜란의 특급 결혼이야기

결혼해도
괜찮아

글 **박혜란** 그림 **윤정주**

나무를 심는 사람들

진 흙 탕 도

함 께 빠 지 면

놀 이 터 가 된 다

✠

"요새 누가 결혼을 하고 싶어 한다고 그러세요? TV에서도 「나 혼자 산다」 같은 프로가 인기를 끌고 젊은 사람들 사이에서 셰어하우스가 대안으로 떠오르는 이 마당에 행복한 결혼이 어쩌고저쩌고 하면 누가 좋아하겠어요?"

결혼에 대한 이야기를 책으로 쓰려고 하는데 도대체 방향을 못 잡아서 버벅거리고 있다고 큰아들에게 푸념했다가 대뜸 면박을 당했다. 주제 자체가 시대에 뒤떨어졌다는 것이다. 젊은 줄만 알았던 우리 어머니도 어느새 요즘 트렌드에 대한 감이 떨어지는구나 싶어 안쓰러워하는 표정이 역력하다.

어쩌면 평소 며느리들 앞에서도 주책없게 시아버지 흉을 무시로 봤던 어머니가 요즘 젊은이들에게 결혼에 대해서 조언해 줄 자격이 있느냐는 핀잔으로도 들린다. 솔직히 나도 그 점에선 많이 켕긴다. 하지만 뭐든지 잘하는 사람만 남을 가르칠 수 있는 건 아니다. 실수투성이 인간에게도 항상 배울 점은 있는 법이 아닌가.

그리고 1인 가구가 급속히 늘어나는 추세이고, 결혼을 안 하고 살아도 별 불편 없을 만큼 환경이 확 바뀌긴 했지만 그래도 아직은 결혼을 하고 싶어 하는 사람들이 훨씬 더 많은 것도 부인할 수 없는 사실이다. 물론 개중에는 여러 가지 걸림돌로 결혼을 못하는 이들도 있지만 또 순조롭게 또는 어렵사리 결혼에 성공하는 이들도 많다.

그러나 일단 결혼만 하면 행복은 저절로 따르리라는 기대는 동화 속에서나 가능했던 이야기라는 걸 결혼을 하고 나서야 비로소 깨닫게 되는 건 예나 지금이나 변함없다. 옛날처럼 상대방에 대한 아무 정보 없이 집안에서 시키는 대로 고분고분 결혼한 것도 아니고 알 만큼 알아보고 사귈 만큼 사귀고 먹을 만큼 먹은 나이에 결혼식을 올렸는데 도무지 만만치가 않으니 결혼은 영원한 미스터리다.

기대했던 행복은 눈 깜짝할 사이에 날아가 버리고 매사가 고달프고 나날이 시끄러우니 후회막급이다. 에라 이쯤에서 접어 버리고 훌훌 벗어나고 싶은 마음은 굴뚝같으나 선뜻 그럴 수도 없는 것이 그새 내 한 몸이 내 한 몸이 아니게 되어 버린 까닭이다.

상대가 치명적인 잘못을 저지른 건 아닌데 하는 짓들이 못마땅하다 보니 뒤꿈치까지 밉기만 하다. 헤어지자니 걸리는 것투성이고, 헤어진다고 해서 또 밝은 미래가 기다리는 것 같지도 않으니 그저 이만큼이라도 사는 걸 다행이라고 스스로를 다독이며 살 수밖에 없나 보다. 그렇다고 쉽게 포기도 되지 않는다. 이렇게 그냥저냥 시간만 흘려보내다가 나중에 더 큰 후회를 하는 것이 아닐까, 불쑥불쑥 치오르는 앞날에 대한 회의와 불안은 자신만 들쑤시는 게 아니라 온가족을 괴롭히기 십상이다.

그래서 책도 찾아 읽고, 여러 사람에게 상담도 받아 보지만 나오는 답은 뻔하다. '결혼이 행복을 보장하진 않는다. 상대를 고치려 하지 말고 자신부터 달라져야 한다. 지금 갖고 있는 것에 만족하라' 이상의 답은 나오지 않는다. 몰라서 못하는 게 아니라 알고 있어도 실천하기가 너무 힘든 과제들이다.

나는 일의 성격상 젊은 사람들, 특히 3, 40대 여성들을 만날 기회가 많은 편이다. 공짜라고 나이만 넙죽넙죽 받아먹었지 생각의 깊이도 넓이도 보잘것없다는 자격지심에 내 딴에는 한껏 몸을 사리는데도 간혹 내게 조언을 청하는 이들이 적지 않다. 그동안 여기저기서 하도 많이 떠들어 댄 덕분에 육아에 대한 이야기는 그나마 어느 정도 해 줄 수 있는데 그 밖에 인생설계나 결혼 생활에 대한 조언을 해 달라고 할 때는 솔직히 난감하기 짝이 없다.

30대 중반을 지나는 비혼 여성들로부터는 도대체 좋은 사람을 어디서 찾아야 하는지 아무리 눈 씻고 찾아봐도 찾을 수 없는데 어디 소개시켜 줄 만한 사람 없느냐는 청도 자주 듣는다. 하지만 내가 만나는 사람들이 절대다수 여성들이라 나 역시 남성들을 만날 기회가 드문 형편이니 중매자로서의 자격은 애초부터 낙제점이다.

그렇다고 기혼 여성들의 고민을 확 풀어 줄 수 있는 능력이 있는가 하면 그것도 아니다. 정말이지 '결혼 45년차를 돌파한 나처럼만 살아 보세요, 여러분의 행복을 보장해 드립니다'라고 자신 있게 말할 수 있다면 얼마나 흐뭇하겠는가. 그날 아침에도 별거 아닌 일로 한바탕 말싸움을 하고 나온 주제인데 행복한 결혼의 노하우가 어디 있나. 기껏 조언이랍시고 한다는 말이 '그러게나 말이에요. 왜 우리가 바보처럼 덥석 결혼이라는 걸 해 갖고 이렇게 죽을 쑤는지 모르겠네요'가 고작이니 듣는 상대방이나 말하는 나나 맥이 빠지긴 마찬가지이다.

그런데 신기하다. 요즘 셀프디스라는 게 유행이라 그런가, 나의 영양가 없는 조언 아닌 조언에 듣는 사람들 표정이 확 밝아진다. 그들 눈에는 꽤 성공적인 결혼 생활을 꾸려 가고 있는 듯 보이는 저 나이 지긋한 여성도 실생활에선 자신과 다를 게 없이 지지고 볶는구나라는 생각에 위안을 받는 모양이다. 똑 부러지는 해법은 내놓지 못해도 허점투성이 결혼 생활에 대한 공감의 확인만으로도 답답했던 여성들의 마음은 놀랍도록 개운해지는 것 같다. 진흙탕에 나만 빠지면 불운이지만 여럿이 함께 빠지면 놀이가 되는 것처럼.

내가 의도적으로 오해하는 건진 모르겠지만 자발적으로 결혼하지 않은 여성들도 마음이 흔들리고 착잡한 것은 마찬가지인 것 같다. 지금은 확신을 갖고 비혼을 선택했지만 나이 들면 후회하는 건 아닐까

문득문득 두려워질 때가 왜 없겠는가. 나중에 돈 떨어지고 병들고 친구들 다 떠나면 너무 서럽고 외롭지 않을까. 걱정이 꼬리에 꼬리를 문다. 그래서 내게 묻는다. 내가 지금 잘 살고 있는 건가요? 내가 오랫동안 젊은 여성들에게 '너의 인생을 살라'고 부추기고 다닌 탓이다.

내 입에선 역시 말 같지 않은 말이 튀어나온다.

"결혼을 해 보기도 하고 안 해 보기도 했으면 어떤 게 더 나은 선택일지 확실히 알 수 있을 텐데. 그건 웃자는 소리고, 아무튼 난 다시 태어난다면 이번에는 한번 결혼을 안 하고 살아 보고 싶어요. 그럼 그 다음에는 뭐가 좋은지 분명히 알게 되겠죠."

지난 몇십 년간 여기저기서 만난 여성들의 고민들을 듣고 어쭙잖은 조언을 해 오다 보니 이쯤에서 결혼에 대한 이야기를 휘뚜루마뚜루 펼쳐 보고 싶은 욕심이 스멀스멀 피어오르기 시작했다. 소가 뒷걸음치다 쥐를 잡는다고 내 결혼 생활에서 이것저것 끄집어내다가 혹 젊은 여성들에게 도움이 되는 말이라도 나오면 더없이 기쁘겠지만 그건 욕심이고, 우선 툭하면 결혼을 왜 했을까 구시렁거리며 사는 나에게라도 작은 도움이 되었으면 좋겠다.

무슨 이야기들이 기어 나올지 나도 궁금하다.

〈차례〉

2. 짜고 매워야만 김치인가

3. 45년차 결혼선배가 들려주는 결혼의 기술

chapter 1
왜 결혼했을까

만약 내가 이 남자와 결혼하지 않았다면, 비 오는 날이면 이 남자를 떠올리겠지. 둘이서 함께 봤던 영화. 함께 먹은 음식을 떠올리며 잊었던 기억에 가슴이 한결 따뜻해질지도 몰라. 구질구질한 일상의 고달픔도 조금은 달랠 수 있겠지. 아, 지금 알고 있는 것을 그때도 알았더라면...

'연애와 결혼이 따로'가

아닌 사람

45년째다. 어떻게 보면 백만 년이 흐른 것 같기도 하고 어떻게 보면 눈 한 번 깜짝한 사이 같기도 하다. 난 우리 나이로 스물다섯 가을에 결혼했다. 우리 윗세대에 비하면 대단한 만혼이지만 요즈음 기준으로는 일찍 결혼을 했던 거다. 그렇지만 그땐 여자가 결혼 안 하고 스물다섯 살을 넘기기만 하면 득달같이 올드미스 딱지를 붙여 주던 시절이었다. 그러니 아슬아슬하게 데드라인을 지킨 셈이었다.

솔직히 난 어렸을 때부터 늘 '올드미스는 내 운명'이라는 불길한 예감 속에서 살았다. 왜냐하면 다른 자식들과는 달리 꼬박꼬박 말대꾸를 해 대는 큰딸에게 아버지는 자주 '너 그러다가 절대 시집 못 간다'라고 겁을 주셨고, 대학에서 만난 어떤 남학생은 내게 노트를 빌려 달라고 했다 거절당하자 '너같이 재수 없는 여자를 어떤 남자가 좋아하겠냐'고

악담을 퍼부었기 때문이다. 난 스스로 예쁘지도 못한 데다 성격까지 까칠한 여자라 남들처럼 평범하게 살긴 글렀다고 믿었다.

하지만 그렇다고 영원히 결혼하지 않고 살아야겠다고 결심한 적은 한 번도 없었다. 결혼주의자로 타고났을 리는 없을 텐데 아주아주 어렸을 때부터 난 여자가 한평생 결혼을 하지 않고 살 수 있다는 건 꿈에도 생각지 못했다. 나이가 많건 적건 주위에서 만날 수 있는 모든 여자들이 한 명도 빠짐없이 다 결혼을 하고 살았기 때문이다. 아무리 봐도 내 눈에 너무 못생겨서 도무지 결혼을 할 수 없을 것 같은 여자들도 알고 보면 다 남편이 있고 아이들이 있었다.

물론 당시에도 결혼을 하지 않고 사는 여성들이 아예 없었던 건 아니다. 김활란 박사나 임영신 총장같이 당대의 유명한 여성들이 독신이라는 사실은 나도 알고 있었다. 그러나 그분들은 어디까지나 예외적인 경우였다. 워낙 사회활동에 바쁘신 분들이라 결혼할 짬이 없을 것 같았다. 능력도 없는 데다 게으르기까지 한 내가 그분들처럼 혼자 산다는 건 언감생심 꿈도 못 꿀 일이었다.

결혼이란 건 학교에 다니는 것처럼 나이가 어느 정도 차면 남자건 여자건 사람이라면 당연히 해야 하는 일이었다. 그러니 나 역시 결혼이란 걸 해야 할 텐데 과연 내가 그걸 할 수 있을지 도통 자신이 없었다.

무엇보다 결혼을 하기 위해선 먼저 어떤 남자와 사랑에 빠져야 할 텐데 과연 내가 그 사랑이란 거에 빠질 수 있을지부터가 걱정이었다.

그런데 여자는 무조건 결혼을 해야 한다고 생각했음에도 불구하고 중매결혼은 내 사전에 아예 없었다. 그 이유는 어렸을 때부터 소설책을 무지 좋아했던 탓이었다. 동서양을 막론하고 어떤 소설에서도 주인공들이 중매로 만났다는 스토리는 없었다. 사랑 없는 결혼은 모든 비극의 씨앗이었다. 그러므로 난 결혼을 하기 위해서 사랑에 빠져야만 했다. 그런데 내가 과연 남자를 사랑할 수 있을까. 나처럼 까칠한 여자가. 그리고 착각이겠지만 조금은 이성적인 여자가.

말 그대로 '쓰잘데없는 걱정'이었다. 난 스스로 생각했던 것만큼 이성적인 여자가 아니었다. 오히려 보통 여자들보다 훨씬 더 감성적인, 아니 본능적인 여자였다. 내가 약간의 호감을 느꼈던 한 남자 선배가 나를 좋아한다고 말하자마자 난 금방 그를 사랑하게 되었으니. 그야말로 묻지도 따지지도 않은 채 난 너무 빨리 사랑에 빠져 버렸다. 겨우 스무 살에. 요즘 진화심리학책을 보니 인간의 모든 행동은 오직 번식을 목적으로 한다는데 그 당시 난 나도 모르는 사이 내 유전자를 퍼뜨리고 싶은 강력한 욕망에 휩싸여 있었던 걸까.

중고등학교를 줄곧 여자들끼리만 보내다가 갑자기 남녀가 함께 섞인 대학에 들어와서 그랬는지, 아니면 호르몬 분비가 왕성한 나이라서 그랬는지 내 또래 여자들의 많은 수가 나처럼 금방 같은 학교 남학생과 사랑에 빠졌다. 누구와 누가 사귄다는 소문은 귀를 열어 놓지 않아도 저절로 들려왔다. 누가 누구를 짝사랑한다는 소문도 마찬가지였다. 학교 앞 다방에서 함께 커피를 마시는 모습만 봐도 누구와 누가 연애를 한다고 재잘거렸다. 그러다가 어느 날은 다른 남학생과 커피를 마시더라, 알고 보니 바람둥이더라고 수군거렸다.

신기한 건 그토록 보수적인 시대였음에도 '연애와 결혼은 따로'라고 생각하는 여자들이 꽤 많았다는 점이다. 더 신기한 건 그럼에도 불구하고 나는 '연애하던 남자와 결혼한다'는 신념을 버린 적이 없었다는 점이다. 몇 년 동안이나 찰떡처럼 붙어 다니다가 정작 결혼은 맞선 본 남자와 하는 여자들을 난 속물이라고 흉봤는데 그 여자들이 얼마나 현명한 사람인지 깨닫는 데는 긴 시간이 필요하지 않았다.

그가 과묵했던 이유

'남성의 경제력, 여성의 외모'는 이성을 선택하는 만고불변의 조건이라고 한다. 인간은 아득한 옛날부터 자신의 유전자를 우월하고 안전하게 보존시키기 위해 그런 조건의 배우자를 선택하도록 진화되었다는 것이다.

아! 나도 일찍부터 이런 사실을 알았다면, 또 대세를 따랐다면 좀 더 신중하게 짝을 골랐을 텐데 왜 거꾸로 치달았을까. 신데렐라를 비롯한 거의 모든 동화들이 돈과 지위를 갖춘 남자와의 해피엔딩으로 끝나건만 왜 나는 이미 그럴 가능성이 농후한 남자에겐 눈길조차 주지 않았을까. 물론 나 자신이 동화 속 주인공들처럼 예쁘지 않다는 사실을 너무나 잘 알고 있기도 했지만 그보다는 어렸을 때부터 우리 부모님이 보여 주었던 '있는 자들에 대한 무한멸시'를 고스란히 내면화했기 때문이었다.

나는 중학교에 들어갈 때까지 우리가 굉장히 잘 사는 줄 알았었다. 우리 부모님은 우리처럼 행복한 가족은 대한민국에 없다는 식으로 우리를 세뇌시켰다. 건강하고 화목한 데다 돈이 너무 많지 않아서란다. 지금보다 더 돈이 많으면 반드시 불행해진다, 누구누구네를 보라면서 우리가 알 만한 친척과 지인들이 겪고 있는 갖가지 극적인 상황들을 환기시켰다. 딱 우리만큼 살아야 그게 행복이라는 믿음에 우리 형제들은 콕 빠져 있었다.

세상에는 우리보다 부유하게 사는 집들이 엄청나게 많다는 사실을 알게 된 것은 소위 명문 중학에 들어가서였다. 우리 집은 중간에도 끼지 못했다. 하지만 부모님의 맹목적인 낙관주의를 물려받은 나는 그렇다고 기가 꺾이지도, 잘 사는 집 아이들을 시샘하지도 않았다. 여전히 나보다 잘 사는 아이들은 성격도 못되고 집안도 불화하리라고 내 맘대로 넘겨짚었기 때문이었다. 나는 화목한 집안에서 약간 궁핍한 상황에서 자라났기 때문에 누구보다 순수하고 정직하고 풍요한 영혼을 두루 갖춘 존재라는 자부심으로 꽉 차 있었다.

그렇게 자랐으니 남자를 보는 눈이 편향적일 수밖에 없었다. 집안이 부유하거나 아버지가 모모한 인사라고 알려진 남자는 무조건 인격결격자로 치부해 버렸다. 그런 남학생이 접근해 오기라도 하면 그 자체만으로도 기분이 나빴다. 도대체 내가 어떻게 보이길래 쟤가 저러나. 나는 순수성에 상처를 입기라도 한 양 몸을 떨었다.

난 절대로 사랑에 못 빠질 거라는 막연한 예감에 사로잡혀 있으면서도 대학에 들어가서 남자들과 부딪치며 살다 보니, 그리고 친구들의 연애사를 간접경험하다 보니 어느새 내게도 소위 '연애의 조건'이 만들어지기 시작했다. 그래서 정리해 본 나의 남자선택 기준 제1조는 '부유하지 않은 남자'였고, 제2조는 '두세 살 연상일 것', 그리고 제3조는 '잘난 척 하지 않는 남자'였다.

당시 나는 스스로를 아주 독립적이고 주체적인 여성이라고 자부했음에도 불구하고 결국 남자에게 의존하고 싶어 하는 심리를 갖고 있었다는 게 제2조에서 드러난다. 나이차가 너무 많이 나는 부부는 공감대가 좁아서 안 좋은 대신 남자가 여자보다 두세 살은 많아야 가장 자연스러운 관계라고 생각한 거다. 하지만 그 '자연스럽다'는 게 뭔가. 남자가 여자를 리드해야 한다는 의미가 아닌가.

지금 생각해 보면 앞의 두 가지 조건은 스스로 선택의 폭을 대폭 제한한 짓이었다. 오로지 작심하고 돈 많은 남자, 아니 정확히 표현하자면 부잣집 아들만을 쫓아다니는 것도 한심하지만 그렇다고 일부러 그런 남자를 피해 다니는 것도 그다지 현명한 행동이 아니었음을 그때는 왜 몰랐을까. 부잣집 아들은 나쁘거나 바보 같은 남자라는 생각을 마치 내가 순수한 여자라는 걸 증명하는 거라고 믿었었지만 결국 그 역시 사람에 대한 또 하나의 편견이었을 뿐이다.

반드시 나보다 두세 살 연상이어야 한다는 생각도 마찬가지다. 남자가 여자보다 모든 점에서 나아야 한다는 믿음, 머리도 더 좋고 마음도 더 넓고 키도 더 커야 하고 물론 나이도 더 많아야 한다는 식의, 나도 모르게 내게 배어 있는 의존심을 과감히 깨뜨렸다면 내가 선택할 수 있었던 남자의 폭은 얼마나 넓어졌을까. 물론 당시는 지금처럼 여자가 남자보다 연상인 커플은 아주 드물었다. 그렇긴 해도 나이 차이에 관한 한 나는 통념에서 한 치도 벗어나지 못했다.

세 번째 조건도 역시 내 꾀에 내가 속아 넘어가게 만든 억지 조건이었음을 고백하지 않을 수 없다. 스무 살 언저리의 남자들은 암컷의 환심을 사기 위해서 화려한 깃을 펴는 숫공작새처럼 여자들 앞에만 서면 자신도 모르는 새 헛폼을 잡곤 했다. 읽지도 않은 소설을 읽은 척, 보지도 않은 영화를 본 척, 이름만 들은 사르트르와 니체를 잘 아는 척했다. 그것이 자연스런 구애 작전의 하나라는 걸 이해했다면 난 그토록 쉽게 그들을 비웃지 못했을 거다.

난 남편을 처음 만났을 때 무언가 굉장히 많이 알고 있으면서도 자기가 아는 걸 과시하지 않는 것 같아 '아, 참 겸손한 사람이구나' 하고 존경심을 품었고 결국엔 사랑으로까지 이어졌다. 하지만 결혼하고 얼마 지나지 않아서 나는 그 남자의 실체를 알고 말았다. 그는 겸손해서 과묵했던 것이 아니라 워낙 아는 것이 별로 없어 과묵했다는 것을.

난 사기를 당했다고 앙앙댔는데 솔직히 그는 나를 속이지 않았다. 내가 내게 속았을 뿐. 그리 어리석었으니 결혼을 했지. 눈에 콩깍지가 씌우지 않고 결혼은 불가능하다.

콩깍지 붙어 있을 때

콩깍지 떨어진 후 …

알았으면 절대 안 했다

스무 살 봄부터 연애를 시작해 스물다섯 가을에 결혼식을 올렸으니 연애 기간만 만으로 오 년하고도 반년을 더했다. 나는 직장 이 년차였고 남자는 아직 군복무 중이었다. 남자가 제대하고 일자리를 얻은 후에 결혼식을 올렸으면 모든 면에서 여유가 있었으련만 굳이 제대를 이 년이나 남긴 상태에서 결혼을 서둔 이유는 무엇이었을까.

실은 남자는 경제력이 없다는 이유로 좀 나중에 결혼식을 올리자고 주춤거렸으나 내가 강력히 밀어붙였다. 결혼을 하고 싶으면 하는 거지 단지 돈 때문에 결혼을 미룬다는 게 이해가 안 갔다. 당시 인기 있었던 소설 『제8요일』의 주인공들처럼 사랑하는데 벽 네 개가 있으면 충분하지 그 외에 뭐가 더 필요하냐, 제대할 때까지는 내가 벌어서 먹여 살릴 테니까 걱정하지 말라고 큰소리를 탕탕 쳤다.

올드미스 타이틀을 붙이고 싶지 않다는 괜한 자존심이 결혼을 서두른 가장 큰 이유였다. 게다가 연애를 오래 끌면 결국 이 남자와 헤어질지도 모른다는 두려움도 은연중에 한몫했다. 주위에서 그런 예를 드물지 않게 보았기 때문이었다. 대부분은 오랫동안 여자가 뒷바라지를 하면서 남편을 성공시켰는데 배반을 당했다는 식의 신파영화 같은 스토리였다. 여자가 남자를 배반해서 깨질 수도 있다는 쪽으로는 한 번도 생각해 본 적이 없었으니 지금 생각해도 나의 그 굳은 정절관은 어떻게 형성된 것인지 참 신기하기만 하다.

또 솔직히 털어놓자면 장장 오 년쯤 만나다 보니 연애의 권태기가 왔다고 할까, 아니 연애에 지쳤다는 표현이 더 적합하겠다. 일주일에 두어 번 이상을 만나서 밥 먹고 영화나 연극 보고 커피 마시고 집에 바래다주는 일상이 점점 시들해진 것이다. 게다가 소박하게 쓰는데도 데이트 비용이 만만치 않으니 이럴 바엔 그냥 한 집에서 사는 게 피곤하지도 않고 훨씬 경제적이지 않을까 하는 실용적인 생각이 점점 커져 갔다. 학교 다닐 때는 과외 아르바이트를 해서, 나중에는 군인보다 훨씬 많은 월급을 받았기 때문에 늘 데이트 비용을 거의 다 내가 부담하다 보니 이런 현실적인 계산을 하게 된 모양이었다.

물론 또 한 가지, 집으로부터 벗어나고 싶은 욕구가 나날이 강해져 간 것도 큰 이유였다. 좁은 집에서 자기만의 방도 없이 늘 네 자매가 부딪치며 사는 게 점점 더 짜증스러워졌다. 월급을 타서 겨우 새 옷 한 벌 마련해도 어느새 동생이 입고 나가 버리는 경우도 많았다. 동생에게 화를 내고 따지면 아버지는 언니가 되어서 네 거 내 거 야박하게 따

진다면서 나를 꾸중했다. '아, 동생들 없는 곳에서 살고 싶다!' 난 점점 더 간절하게 나만의 공간이 갖고 싶었다.

돌이켜 보면 나만의 공간을 갖고 싶었다면 경제적으로 능력 있는 남자와 결혼을 했어야지, 겨우 방 한 칸밖에 못 얻을 남자와 결혼을 서둘렀다는 건 정말 어리석은 선택이었다. 하지만 이것저것 모두 헤아릴 수 있는 여자였다면 어찌 결혼을 했을까. 당시에는 결혼을 하지 않고 집을 탈출할 수 있는 방법은 보이지 않았다. 그땐 지금처럼 원룸이나 오피스텔 등이 도처에 즐비한 시절이 아니었다. 게다가 젊은 여자가 집이 서울에 있으면서 따로 방을 얻어 나간다는 건 상상도 못할 일이었고.

우리 부모님도 미래 사윗감이 딸을 먹여 살릴 수 있는지 없는지 따지는 사람이 아니었다. 그러니 딸의 결혼을 말리는 시늉조차 하지 않았다. 정말 대책 없는 딸에 대책 없는 부모였다고나 할까. 부모님이 만약 딸의 결혼을 말렸다면 또 다소곳이 따를 딸이었냐고 물으면 할 말도 없지만.

오히려 가까운 친구 중의 한 명이 나의 결혼을 극구 말렸다. 똑똑한 네가 왜 이렇게 어리석은 짓을 하느냐고 눈물까지 흘렸다. 자기가 보기에 고생길이 뻔하다고, 다시 생각해 보라고 간청했다. 심지어는 만약 결혼을 강행하면 자기와는 절교라는 말까지 했다. 나는 네가 친구를 믿는다면 그 친구의 선택까지 믿을 수 있어야 진짜 친구라고 받아쳤다.

실은 내가 연애를 시작하자마자 그 친구는 연애는 로맨틱하게 해도 좋지만 결혼은 현실적으로 해야 하다고 충고했었다(하지만 몇 년 후 그 친구가 결혼했을 때 난 얼마나 놀랐는지 모른다. 냉철한 이성의 소유자였던 친구는 드라마에서나 나옴직한 불꽃같은 연애 끝에 누가 봐도 고개를 갸우뚱할 남자와 결혼을 했다. 인생의 오묘함이라니!).

그동안 이런저런 일을 하다 보니 다양한 연령층의 여성들을 많이 만나게 되는데 어느 시점부터인가 그중에 비혼 여성의 비율이 점점 높아져 가고 있다. 3, 40대 여성들의 비혼율이 높은 것은 이미 추세로 자리 잡았지만 5, 60대 여성들의 비혼율도 만만치 않다. 하긴 내가 다시 사회 활동을 시작한 게 30대 후반이었는데 그때부터 이미 결혼을 인생의 필수 코스로 생각하지 않는 후배들을 자주 만나서 속으로 놀란 적이 많았으니까.

타고난 결혼주의자였던 나는 결혼의 쓴맛 단맛을 이미 맛본 결혼경력자였음에도 그때만 해도 결혼을 자기 인생 계획서에 끼워 넣지 않은 그 후배들에게 '그래도 결혼은 한 번쯤 해 볼 만한 거'라느니 '안 하고 후회하느니 하고 후회하라'는 말을 조언이랍시고 하면서 은근히 우월감을 과시하곤 했다. 지금은 얼굴이 화끈거린다. 결혼했다는 게 무슨 훈장이라고.

그들은 뭘 몰라서 결혼을 하지 않은 게 아니다. 그들은 너무 잘 알아서 결혼을 안 하는 거다. 경험해 보지도 않고 결혼의 속성을 꿰뚫은 그들이 나보다 인생을 아는 사람들이다. 결혼에 목매달은 내가 뭘 몰랐던 거다.

변 한 건 바 로 나 였 다

몇 년씩 왁자하게 연애하던 남자를 박차고 정작 결혼은 딴 남자와 하던 여자들을 이해할 수 없었다. 용서할 수 없는 죄를 저지른 사람이라도 보듯 떨떠름한 눈으로 보았다. 버림받은 남자가 내 동생이라도 되는 양 가엾게 여겨졌고, 모든 여성이 도매금으로 잇속만 차리는 속물로 치부되는 것 같아 화가 났다. 주위에서 그런 소문을 들을 때마다 나와 아무런 상관도 없는 그 여자에게 은밀히 별렀다. 그렇게 약삭빠르게 살아 봤자 니들의 미래는 불행할 게 뻔하다고, 평생을 후회 속에 살거라고.

드디어 오래 연애하던 남자와 결혼에 골인했을 때 웃기는 말이지만 난 일종의 도덕적 우월감을 느꼈다. 그 누구보다 행복하게 살 자신이 있었다. 모든 여성의 로망, 즉 사랑하는 남자와 함께 살게 되었으니 이젠 세상을 다 가진 거라고 믿었다.

그러나 삶엔 언제나 반전이 있게 마련. 사랑하는 사람과 결혼한다고 해서 행복이 보장되는 건 아니라는 깨달음이 슬슬 들기 시작한 건 결혼한 지 일 년이 채 지나지 않아서였다. 꽤 오래전 어느 유명 배우들이 '사랑하므로 헤어지노라'라고 하며 이혼을 발표했을 때 '참 웃기시는 분들이네' 하며 비아냥거렸던 게 부끄러웠다. 이러니 남의 말 함부로 하는 거 아니다. 다 살아 보고 겪어 봐야 한다.

'결혼은 연애의 무덤'이라는 누군가의 경구를 입에 달고 살았었다. 하지만 설마 그 말이 나한테 해당될 줄은 꿈에도 몰랐다. 왜 인간은 항상 자신을 예외 조항에 넣는 건지 참 요지경이다. 아무튼 턱없는 자신감에 차 있던 나는 소위 신혼의 단꿈이란 걸 꿔 보기도 전에 꿈에서 깨어났다. 나는 분명 열렬히 연애하던 남자와 결혼했는데 내가 결혼한 남자는 내가 알고 지내던 남자가 아니었다. 나는 생판 모르는 남자와 결혼한 것 같았다.

하루아침에 남자가 변한 걸까? 차라리 그랬다면 얼마나 다행일까. 사람은 쉽게 변하지 않는 법이다. 그가 원래 처음부터 나한테 사기를 친 걸까? 그랬다면 사기꾼인 게 드러난 순간 그를 원망하고 떠나 버리면 그만이다.

문제는 하루아침에 변한 사람이 바로 나였다는 거다. 연애할 때의 나와 결혼했을 때의 내가 딴판이었다는 거다. 내 속에서도 가장 먼저 내 눈이 바뀌었다는 것이다. 콩깍지 때문에 흐릿했던 시력이 갑자기 좋아졌다는 거다. 그의 장점이라고 생각했던 성격들이 하루아침에 단

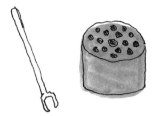

연탄 한 장,

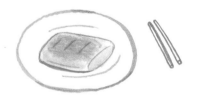

갈치구이 한 토막에 현실(?)을 깨달았다.

점으로 보이기 시작했다는 거다. 심지어 처음부터 유일한 결혼 상대로 못 박았던 그가 실제로는 전혀 결혼에 어울리는 남자가 아니라는 엄청난 사실을 발견했다는 것이다.

돈 이야기가 아니다. 결혼은 꿈이 아니라 현실이며 현실을 유지하기 위해선 꾸역꾸역 돈이 들어가야 한다는 사실을 모르는 척하는 사람이란 건 처음부터 알고 있었기 때문에 새삼 그걸 갖고 뭐라고 하는 것은 아니다. 이미 시어머니도 자신의 막내아들이 '다른 건 다 좋은데 경제관념이 없는 게 큰 문제'라고 수없이 경고한 바가 있었으니까.

나는 그가 어떤 자리에서도 유머를 잘 구사하면서도 경솔하게 처신하지 않는다는 점에 높은 점수를 주어 왔다. 웃기는 말을 잘하면서도 매사에 신중한 편이고 누구에게나 예의를 잘 지키는 편이었다. 점잖으면 재미가 없고 재미가 있으면 가볍기 마련인데 그는 재미와 점잖음의 균형을 잘 잡는 듯 보였다.

주위에서는 다른 조건은 좀 별로지만 그렇게 재미있는 남자하고 결혼했으니 항상 웃음꽃이 필 거라고 조금은 부러워했다. 어쩌면 위로였는지도 모르겠지만… 나 역시 가난하게 살지언정 재미없이는 살지 않을 거라고 믿었다.

속았다. 나는 그가 그토록 표현력이 부족한 사람인 줄 정말 몰랐다. 도대체 내가 살림과 일을 함께해 나가느라 아무리 허우적거려도 '힘들지?'라는 말 한 마디, 아무리 땀을 흘리며 밥상을 차려 올려도 '맛있네'라는 한 마디 할 줄을 몰랐다. 좋아하는 갈치라도 구워 놓으면 정신없이 빠져서 혼자 몽땅 먹어치웠다. 내가 먹었는지 안 먹었는지 관심도 없었다. 먹는 거 갖고 따지는 게 치사한 거 같아서 참고 살다가 어느 날은 서러움에 복받쳐 울기까지 했지만 그는 변하지 않았다. 연애할 때는 그가 음식을 잘 먹는 게 복 있어 보였는데 결혼하니 달라 보였다.

남편의 장점으로 쳤던 점잖음도 하루아침에 단점으로 비쳤다. 우리가 처음 세 들었던 방은 비교적 깨끗하고 큰 집의 사랑방이었다. 그 시절에 화장실이야 공용이었지만 수세식이었으니 그렇다 쳐도 가장 결정적인 흠은 부엌도 주인과 같이 써야 하는 거였다. 사랑방에서 넓은 대청을 건너 계단을 내려가야 부엌이 있었다. 게다가 우리 방 연탄아궁이는 허리를 굽히고 들어가야 하는 지하실에 있었고 내 어깨 높이에 설치되어 있었다. 뜨거운 화덕을 끌어내어 연탄을 갈고 다시 올려야 하는 작업은 한 마디로 힘에 부치는 중노동이었다.

나는 남편에게 다른 일은 몰라도 연탄 가는 일만은 도와 달라고 부탁했다. 헛일이었다. 그는 도대체 그 집 대청을 가로질러 간다는 일 자체도 창피해서 못하겠다고 했다. 게다가 남자가 연탄을 갈다니. 나는 놀라고 화나고 실망했다. 임신했을 때만이라도 도와 달라고 간청했지만 그는 꿋꿋이 버텼다. 오히려 그냥 찬 방에서 자면 어떻겠느냐는 말도 안 되는 대안을 제시하기까지 했다. 그는 점잖은 게 아니라 꽉 막힌 데다 인정머리까지 없는 남자였다.

연애를 아무리 오래 하면 뭐하나. 살아보기 전엔 알 수 없는 것들이 이렇게 많은데.

브 레 히 트 부 부 처 럼

살 고 싶 었 지

그냥 나이가 차고 연애가 지겨워져 빨리 결혼해 버렸다고 말했지만, 그리고 막상 결혼한 후로는 하루하루 크고 작은 일에 치여 거의 아무 생각 없이 살았지만, 그렇다고 내가 결혼에 대한 '꿈'도 없이 결혼을 해 치워 버린 것만은 아니었다.

현실적이며 치밀한 계획 없이 막연히 결혼만 하면 내 인생은 해피엔딩일 거라고 믿은 단세포 인간이었음을 부인할 순 없지만 그래도 한때는 내게도 '이상적인 부부상'이라는 게 있긴 있었다.

간혹 대학 생활을 어떻게 보냈느냐는 질문을 받을 때면 난 서슴없이 '연극과 연애'라는 '두 연'에 빠져 지냈다고 말한다. 거기에다 가정 형편상 사 년 내내 과외 아르바이트도 쉬지 않았으니 결국 대학 다닐 동안 공부는 건성건성 했다는 말이 된다. 그러고도 무사히 학점을 따고 제

때 졸업을 할 수 있었으니 참 엉성한 시절에 태어난 게 천만다행이라고 할밖에. 학점에 목숨 거는 요즘 젊은이들을 생각하면 공연히 미안해진다.

독일의 극작가 베르톨트 브레히트의 작품들을 읽은 건 대학 4학년 때였다. 당시만 해도 동독 작가라고 해서 그의 책은 금서 목록에 올라 있었다. 독일에서 갓 귀국한 교수의 소개가 없었다면 난 그런 극작가의 존재가 있는지도 몰랐을 거다. 관객의 몰입과 카타르시스를 목표로 삼았던 전통 연극에 반해 그는 무대와 관객을 철저하게 격리시키는 '소격효과'를 내세워 관객으로 하여금 비판적인 시각을 지키면서 연극을 해석하도록 이끌었다.

요 몇 년 사이 내가 좋아하는 재주꾼 이자람의 손에서 새롭게 태어난 소리극 「사천가」나 「억척가」의 원작인 「사천의 착한 사람」과 「억척어멈과 그의 자식들」을 서툰 실력으로나마 독일어로 읽으면서 난 자연스럽게 브레히트의 열혈 팬이 되었다.

그러나 그의 작품보다 더 나를 매료시켰던 건 그와 그의 아내 헬레네 바이겔의 결혼 생활이었다. 동독 정부가 브레히트에게 마련해 준 극장에서 그는 마음껏 작품 활동을 했고 그의 아내는 남편의 작품에 배우로 출연했다. 물론 그들의 부부 관계의 속내가 어땠는지 깊이는 몰랐지만 적어도 나에겐 일과 사랑이 함께하는 그런 동지적인 결혼이야말로 가장 이상적인 관계가 아닐까 싶었다.

그 전까진 '알콩달콩 아들딸 낳고 행복하게 사는 것'이라는 막연한 부부상 말고는 소위 '이상적인 부부상'이라는 게 특별히 없었다. 아, 브레히트 부부처럼 살면 정말 멋있겠구나, 비록 아마추어이긴 하지만 우리 두 사람도 연극을 통해서 만났으니 그들처럼 살 수 있을지도 모른다는 엉뚱한 꿈이 내 마음을 두근거리게 했다.

나 혼자만의 백일몽이었다. 대학 다니는 내내 거의 육 년 이상을 연극에 미친 것처럼 보였던 남편, 일 년에 두 번씩 공연하는 작품마다 주인공을 독차지하면서 '문리대 대배우'로 불렸던 그는 대학을 졸업하자마자 거짓말처럼 연극에 대한 열정이 싹 식어 버렸다. 그토록 좋아하던 연극 구경조차 가지 않았다. 사람은 하루아침에 그렇게 변할 수 있는 존재였다.

아니, 말은 바로 하자. 설혹 그가 앞으로 계속 연극을 하고 싶어 했대도 우리가 브레히트 부부처럼 산다는 긴 애당초 불가능한 목표였다. 아무리 대단한 경력을 쌓는다 해도 사회주의국가가 아닌 이상 나라가 개인에게 극장을 지어 줄 턱이 없으니까. 그러므로 그렇게 살려면 우선 극장을 지을 돈, 극장을 운영할 돈, 그리고 죽을 때까지 먹고살 수 있을 만큼의 생활비를 스스로 벌어서 마련해야 한다. 말하자면 돈을 엄청 벌어 놓아야 한다. 연극은 그때나 지금이나 배고픈 동네이니 연극을 해서 극장을 지을 돈을 모은다는 건 꿈도 못 꾼다. 지금 같으면 로또를 사기나 하지.

내 꿈을 이룰 돈은 안 먹고 안 쓰고 아껴서 모을 수 있는 돈이 아니다. 많이 벌어야 되기도 하지만 모은 돈을 잘 굴릴 머리가 있어야 한다. 난 워낙 숫자에 약하니 남편이라도 그런 머리가 있으면 좋겠지만, 불행하게도 그는 나보다 더한 돈치다. 게다가 평범한 회사원을 선택했으면서도 돈에 관심 없는 걸 무슨 벼슬처럼 아는 사람이었다.

그는 브레히트가 될 수도 없었고 브레히트처럼 살 생각도 없는 사람이었다. 그는 내 말에 무슨 뚱딴지같은 소리냐며 코웃음을 쳤다. 정신 차려, 이 사람아.

나는 금방 제정신을 차렸다.

에이, 헬레네 바이겔은 무슨, 애나 낳고 살림이나 하면서 알콩달콩 사는 게 최고지, 인생 뭐 별 거 있어.

사십여 년이 지난 후 난 뒤늦게 너무 쉽게 버린 꿈을 아쉬워하고 있다.

내 남편만 아니라면

평생 그리울 사람

몇 년씩 사귄 남자가 군대에 들어가자 얼른 고무신을 바꿔 신었던 친구가 있다. 졸업하자마자 결혼식을 올린 친구의 남편은 나이 차이가 꽤 나고 경제적으로 안정된 회사원이었다. 당시엔 그 동창이 너무 계산적이고 비인간적으로 보여서 갑자기 거리감이 느껴졌었다. 시간이 약이었다. 한참 후 그나 나나 아이 셋을 키우는 주부가 되어 이웃에 살게 되면서 어느 결에 마음의 벽도 무너졌다.

　육아와 살림으로 정신없이 살았던 우리는 이제 틈만 나면 왕성한 수다로 서로를 위로했다. 수다는 모든 주부들의 이슈인 아이 키우는 어려움, 남편에 대한 불만, 스스로에 대한 비하, 흘러가는 시간에 대한 회한들로 채워졌다. 어느 날 어쩌다가 예전에 사귀던 남자 이야기가 나왔다. 나는 응당 그가 약간의 후회와 아쉬움을 비칠 줄 알았다. 오해였다.

친구는 미소를 띠며 고백했다.

"비가 내리고 기분이 우울할 때면 생각나는 사람이 있어서 참 좋아."

아, 그렇구나. 이루어지지 않은 사랑은 슬픈 게 아니라 무언가 아스라한 거였구나, 나는 머릿속이 번쩍했다.

누군가를 진정으로 사랑한다면 '있는 그대로'를 사랑해야 한다고들 하지만 솔직히 함께 살기 전에는 절대로 있는 그대로를 알 수 없다. 누군가를 사랑할 때 우리는 있는 그대로가 아니라 '보는 그대로'의 누군가를 사랑하는 것이다. 그것도 일주일 중에 단 며칠, 또 24시간 중에서 몇 시간일 뿐인 아주 짧은 동안 보는 사람을.

내가 결혼한 남자는 내가 사랑했던 남자와 다를 수밖에 없다. 그러니 당연히 신혼의 단꿈은 짧을 수밖에. 단맛은 너무나 짧고 쓴맛이 긴건 결혼의 숙명이다.

그날 처음으로 사랑했던 남자와 결혼하지 않은 그가 살짝 부러웠다. 미래가 불확실한 남자보다 현실적으로 편안한 삶을 보장해 주는 남편을 선택해서가 아니라 마음속에 영원히 그리워할 남자를 품고 살아간다는 점에서.

결혼한 여자가 마음속에 딴 남자를 품다니 그게 '옳은' 일이냐고? 물론 숱한 드라마나 소설 속에서 그리듯 흔해 빠진 불륜이나 막장으로 치닫는다면 문제요 비극이지만 비가 내리거나 기분이 우울할 때 그를 떠올리면서 마음을 치유할 수 있다면 이보다 더 좋은 인생의 묘약이 또 어디 있을까.

그 남편의 입장을 한 번 생각해 보라고? 아내의 마음속에 다른 남자가 들어 있다는 걸 알면 자존심이 상해서 죽을 거라고? 아니, 아내가 작정하고 자신의 속마음을 까발리지 않는 한 그 남편이 어떻게 알고 자존심에 상처를 입을 수 있겠는가. 오히려 우울했던 마음이 달래진 아내가 현실로 돌아와 미안한 마음에 더 살갑게 다가갈 수도 있지 않을까. 세상의 모든 여자가 막장 드라마의 주인공처럼 달리는 게 아니다.

나와 남편의 연애 시절을 잘 알고 있는 사람들을 오랜만에 만나면 듣는 이야기가 있다.

"너넨 여전히 잉꼬처럼 살고 있지?"

"아니 독수리처럼 싸우면서 살아."

실제로 잉꼬는 사이가 그리 좋지 않고 독수리는 반대라지만 구태여 진실을 바로잡겠다고 나설 필요는 없을 터.

옛 친구는 묻는다. 그렇게 유머 있고 멋진 남자와 싸울 일이 뭐 있느냐고.

나는 대답한다.

"응, 내 남편만 아니라면 나도 영원히 유머 있고 멋진 남자로 기억할 텐데 참 유감이야."

그렇다. 만약 내가 이 남자와 결혼하지 않았다면 나도 비오는 날이나 우울한 날이면 이 남자를 떠올렸을지 모르겠다. 둘이서 함께 봤던 영화, 함께 먹은 음식을 떠올리며 나도 아름다운 시절을 누렸었지, 잊었던 기억에 가슴이 한결 따뜻해졌을지 모르겠다. 그러다 보면 구질구질한 일상의 고달픔을 조금은 달랠 수 있었겠지.

　아, 지금 알고 있는 것을 그때도 알았더라면. 정말이지 결혼은 알고는 못할 짓이다.

그 때 헤 어 졌 어 야 했 는 데

요즘이야 휴대폰으로 시시각각 서로의 행방을 알릴 수 있지만 예전에는 달랐다. 전화를 놓은 집이 드물었으니 연인들은 헤어질 때 다음에 만날 약속을 정해 놓아야 했다. 그런데 사람 일이란 건 알 수 없어서 혹시 상대가 약속한 시간에 나타나지 않는 일이 벌어지면 속수무책이었다.

'사랑은 기다림'이라고 했던가. 하지만 연애를 하면서 내 쪽에서 약속 시간에 늦은 적은 단 한 번도 없었다. 언제나 기다리는 쪽은 나였다. 그땐 '여자가 데이트 약속에 시간 맞춰 나가면 값 떨어진다. 삼십 분 늦게 나가는 게 정답'이라고들 했다. 요즘 말로 '밀당의 원칙'이라고 할까.

난 누구하고 약속을 하건 시간에 늦는 법이 없었다. 타고난 모범생이었다. 그러니 밀당을 할 줄도 몰랐다.

덕수궁 돌담길에서 그곳에 쌓인 돌들보다
더 많은 시간을 기다렸다…

　　한번은 시내 한복판 다방에서 꼬박 두 시간을 기다린 적도 있었다. 아무리 무던한 성격이지만 처음부터 두 시간을 기다리려고 한 것은 아니었다. 처음 삼십 분은 '오늘도 또 늦는군' 혀를 차며 가볍게 기다린다. 다음 삼십 분은 분노가 서서히 쌓여 간다. 드디어 에잇 가 버려야 다음번엔 정신 차리고 시간 맞춰 나오겠지 하면서도 또 한편으로는 이런 심정을 면전에서 표시해야지 하는 마음으로 삼십 분을 또 보낸다. 그러다가 갑자기 엄습하는 불안감! '나오다가 무슨 사고가 난 건 아닐까'라는 걱정에 자리를 못 뜬다. 다방 마담의 눈치 따위는 안중에도 없다. 그저 '제발, 제발' 하고 기도할 뿐이었다.

그때 봉두난발을 한 남자가 다방 문을 들어선다. 아이쿠, 다행이다 싶은 마음에 자존심은 어디로 사라졌는지 나도 모르게 함박웃음으로 그를 맞는다. 남자는 해맑은 표정으로 변명이랍시고 던진다. "미안해, 늦잠을 잤잖아." 아, 나는 오늘도 헤어지기는커녕 남자에게 연애의 기본 에티켓을 가르칠 찬스조차 놓치고 말았다.

　어느 여름인가, 당시 인기 약속장소였던 덕수궁 정문 앞에서 만나기로 한 날이었다. 뜨거운 한낮, 무려 두 시간이 지나도 그는 나타나지 않았다. 포기하고 집으로 돌아와서도 걱정은 점점 커져 가 감당할 수 없을 정도가 되었을 때, 대문 밖에서 우체부 아저씨가 외치는 소리. "전보요." 내용은 어이없음 그 자체! '친구들과 부산 왔음, 미안.' 그때 헤어졌어야 했는데.

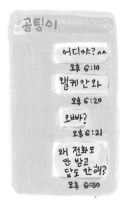
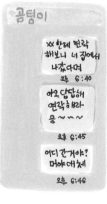
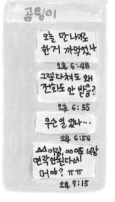

기다림은 내 결혼 생활 전반부 이십여 년을 관통하는 단어였다. 신혼 때에도 그는 수시로 나를 기다리게 만들었다. 어느 날 퇴근해서 부랴부랴 저녁을 차렸는데 그는 돌아오지 않았다. 아침 출근할 때 물론 일찍 들어온다고 했던 사람이.

통금 시간을 넘기고서야 돌아온 그에게선 술 냄새가 지독했다. 짜증이 폭발했다. 왜 늦으면 늦는다고 회사로 연락을 하지 않느냐, 왜 피곤한 아내를 더 피곤하게 만드느냐, 사람에 대한 예의가 그리도 없느냐, 이렇게 살 거면 뭐 하러 결혼했느냐…

그 순간 그는 말없이 바지를 벗었다. 발목부터 허벅지까지 시퍼렇게 멍들어 있었다. 거의 기절하기 직전인 내게 그는 말했다. 횡단보도를 건너는데 택시가 와서 받았다고. 죽다 살아온 남편에게 바가지를 빡빡

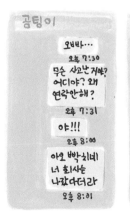

곰팅이

오빠…
오후 7:30

무슨 사고난 거야?
어디야? 왜
연락안해?
오후 7:31

야!!!
오후 8:00

아 씨 빡쉬네
너 회사는
나갔다더라
오후 8:01

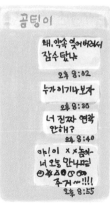

곰팅이

왜, 약속 잊어버려서
잠수 탔냐
오후 8:02

누가 이기나 보자
오후 8:30

너 진짜 연락
안해?
오후 8:40

아! 이 ××놈아
너 오늘 만나면
@#$%☆○◎
죽거 ~~!!!!
오후 8:55

곰팅이

내가 너랑 다시
만나면 사람이
아니다.
오후 9:30

진짜, 진짜루
나 이제 집에
들어간다…
오후 10:00

곰팅이

아, 미안
나 지금 제주도
오후 10:45

긁은 나는 순식간에 악처가 되고 말 수밖에.

그는 항상 나를 기다리게 했고 맞춤형 핑계는 백만 가지가 넘었다. 아이를 낳고도 변함없었다. 심지어는 둘째를 낳는 날도 아침에야 집에 들어왔다가 가정부의 말을 듣고 병원으로 달려왔다. 물론 둘째가 태어난 이후였다. 그때야말로 헤어질 수 있는 절호의 기회였는데…

시간이 흘러 집에 전화를 설치한 이후에도 그는 연락 없이 집에 들어오지 않을 때가 부지기수였다. 아무리, 늦게 들어오면 제발 전화를 해라, 당신을 사랑해서 기다리는 게 아니라 걱정이 돼서 그런다. 함께 사는 사람에 대한 예의를 지키라고 부탁을 해도 소용없었다. 오히려 궤변으로 맞섰다. 왜 걱정하느냐, 이미 사고가 났다면 걱정해도 소용없고, 사고가 안 났다면 쓸데없는 게 걱정 아니냐고.

이웃집에 나보다 십여 년 연상인 아주머니가 살았는데 그분 말씀은 '저런 남자는 나이 마흔이 넘어야 고쳐진다. 그러려니 하고 살아라'였다. 예언대로였다. 쉰이 되자 나는 더 이상 기다리지 않아도 되었다. 그가 갑자기 일을 접었기 때문이다.

기다리지 않게 돼서 행복하냐고? 천만에, 그 이전부터 어느새 그를 기다릴 시간이 없을 만큼 내가 바빠져 버렸다. 그리고 둘이 하루 종일 붙어 있는 날이 많아진 지금은 오히려 그를 기다려 봤으면 좋겠다.

부부는 영원한 평행선인가.

'왜 나만 이렇게'

vs '다 그런 거지 뭐'

결혼할 때는 누구나 지상에서 가장 행복한 결혼 생활의 주인공이 될 거라고 자신만만하다. 다른 부부들이 사는 꼴을 보면 그저 지지고 볶거나 심드렁해 보이지만 나만은 영원히 낭만적인 결혼을 이어 가리라고 굳게 믿는다.

그러나 얼마 지나지 않아 그 자신감은 이내 '왜 나만 이렇게 사는 거지?'라는 좌절과 회한으로 바뀐다. 자기를 영원히 행복하게 만들어 줄 것만 같던 남편이 어느샌가 오로지 자기를 불행하게 만들기 위해서 결혼을 한 것 같다. 심드렁하게 보이기만 했던 다른 사람들의 결혼 생활이 오히려 근사하게 보이고 별 볼 일 없게 보이던 남의 남편들이 다시 보이기 시작한다.

세상의 모든 남편들이 자기 아내를 여왕처럼 받드는데 왜 내 남편만

어느 날 아침

식탁에 마주앉아 밥을 먹는데

맛있게 밥을 먹는 남편을 보자

불현듯 내 손에 들고 있던 밥숟가락으로

그의 이마빡을 내리치고 싶었다…

나를 무수리처럼 부리려 드는 걸까. 세상의 모든 남편들이 돈을 잘도 벌어들이는데 왜 유독 내 남편만 황금 보기를 돌같이 할까. 세상의 모든 남편들이 제 몸을 열심히 가꾸는데 왜 내 남편만은 운동과 담을 쌓고 지낼까. 세상의 모든 남편들이 아내의 말을 경청하는데 왜 내 남편만은 내 말을 귓등으로도 듣지 않을까…

결혼 전에는 악다구니 쓰는 아내들을 경멸하면서 나는 항상 모든 것을 대화로 조곤조곤 풀어나갈 거라고 자신했는데 어느새 남편 얼굴만 봤다 하면 내 입에서는 잔소리가 속사포처럼 쏟아져 나오고 남편은 내 얼굴만 보면 TV를 틀거나 휑하니 안방으로 사라진다.

이게 뭔가. 이렇게 살려고 결혼을 서둘렀나. 세상의 모든 부부가 행복하게 살아가는데 어쩌다가 나만 이렇게 불행의 나락으로 떨어졌을까. 내가 뭘 잘못했을까. 처음에는 남편을 원망하고 남편을 고쳐 보려고 애도 써 보지만 다 부질없다. 결국 그런 남편을 고른 죄는 나한테 있으니까. 스스로를 다독여 보지만 속에서 화병이 깊어간다.

솔직히 남들에게 털어놓자니 쪽이 팔린다. 혼자서 잘난 척하더니 '싸다, 싸'라는 비웃음을 받을 것이 두렵다. 그래서 처음 얼마 동안은 '행복한 신부의 가면'을 쓰기도 하지만 그런 날이면 마음이 더 불편하다.

평생 가면을 쓰고 살 수 없다면 까짓것 초장에 정체를 드러내자! 드디어 그토록 싫어했던 아줌마 넋두리를 하기 시작한다. 그 남자가 그럴 줄 몰랐어, 결혼이 이런 건 줄 진정 난 몰랐어… 가족이건 직장 동료건 결혼 선배들 모두 하나같이 '그러면 그렇지'라며 회심의 미소를 숨기지 못한다. 결국 그들의 위로는 한마디로 모아진다. '결혼이란 게 다 그렇지 뭐, 알고 보면 다 거기서 거기야.'

영혼이라곤 티끌만치도 담겨 있지 않은 듯한, 진부하기 짝이 없는 이 위로의 말은 그러나 엄청난 효과를 발휘한다. 내 맘 속에 남아 있는 마지막 낭만으로의 꿈을 깨끗이 씻어 줌으로써 꿈과 현실 사이에서 허우적대던 나를 현실 세계로 끌어오는 것이다.

다른 여자들도 다 매 맞고 살 거라는 오해 탓으로 평생을 매 맞고 살았던 여자도 있긴 했지만 '다 그런 거지 뭐'라는 생각은 대부분의 인간들에게 엄혹한 현실을 견딜 수 있게 만드는 막강 에너지로 작용한다. 세상의 멘토들도 그렇게 말하지 않는가. 너만 아픈 거 아니라고, 우리 모두 아프다고.

뜻밖에 경제적 위기가 닥쳐올 때도, 몸이 크게 아플 때도 '다 그런 거지 뭐'라는 생각은 역경을 헤쳐 나가는 데 큰 도움이 된다. 만약 왜 내게만 이런 불행이 닥치느냐고 억울해한다면 쓸데없이 힘만 빠질 뿐이다. 이런 걸 요즘 유행하는 말로 '마음을 비운다'라고 하는 모양이다.

그렇다고 모두가 도인이 될 수는 없는 법. 평소 '다 그런 거지 뭐'라며 대범한 척 살다가도 가끔씩 '왜 나만 이렇게'라는 생각이 불쑥불쑥 솟곤 한다. 그 생각이 남에게 향하면 원망과 싸움으로 이어지고 나 자신에게 향하면 간헐적인 우울증으로 빠져든다.

결혼이나 인생이나 그 두 가지 생각의 연속인 것 같다. 나이 들수록 '다 그런 거지'가 압도적인 힘을 얻는 건 살아가는 데 정말 다행이다.

노년의 결혼 생활은 갈수록 시큰둥하다. 그래서 난 남들도 으레 다 그런 줄 알았다. 그런데 어느 날 한 친구가 아직도 자기는 남편이 집에 들어오는 소리가 나면 가슴이 울렁인다는 청천벽력 같은 고백을 하는 게 아닌가.

　'진짜, 정말, 레알?' 묻고 또 물어도 답은 예스.

　다른 친구에게 이 말을 전했더니 첫마디가 '거짓말!'

　또 다른 친구도 역시 '뻥이야!'

　또또 다른 친구는 '미쳤나 봐! 변태 아냐?'

　아, 인생은 '다 그런 거지 뭐'가 아니었다.

왜 이혼 안 했을까

안 그래야지 안 그래야지 결심한 지 오래건만 아직도 아들들 얼굴을 보면 불쑥 남편 흉이 튀어 나온다. 요즘 어떻게 지내느냐는 물음에 그냥 방콕하고 지낸다고 풀죽은 목소리로 대답하면 아들은 이 좋은 날씨에 왜 가까운 산에도 안 가시느냐고 묻고, 그러면 난 또 너네 아버지가 통 산행을 안 하려 든다면서 흉을 보기 시작한다. 하루 종일 스포츠 중계만 보면서 세끼 밥을 차려 달라고 하니 어떻게 미워하지 않을 수가 있겠느냐, 내가 이 나이에 이렇게 재미없이 사는 이유는 모두 너네 아버지 탓이라고 미주알고주알 일러바치면서 아들이 내 편이 되어 주기를 은근히 기대한다.

정말 꿈도 야무지다. 세상에 바랄 걸 바라야지. 아이들이 내 편을 들어주었던 건 품 안에 있었던 아주 잠깐 동안이었다. 그들은 언젠가부터 이미 내 편을 들지 않는다. 그렇다고 아버지 편을 드는 것도 아니다. 아이들도 자기 아버지는 남편감으로서 정말 난감한 사람이라는 걸 인정하기 때문이다. 때로는 자기들이 아버지처럼 살았다면 일찌감치 집에서 쫓겨났을 거라고, 아버진 정말 좋은 시절에 태어나셨다는 식으로 넌지시 내 편을 드는 것 같다가도 마지막 총알은 어김없이 내게로 향한다.

아버지한테 그렇게 불만이시면서, 그런데 왜 이혼 안 하셨어요? 결국 자업자득이요, 인과응보란다. 처음부터 아버지를 그렇게 길들여 온 내가 잘못이란다. 초장에 기선을 제압했어야 한다. 게다가 마지막 확인 사살까지. 아이고, 우리 착한 어머니가 어떻게 이혼 같은 걸 하시겠어요? 아버질 그렇게나 사랑하시는데.

한두 번 당하는 것도 아니건만 이런 말을 들을 때마다 억울하다. 내가 이혼 안 한 게 저 남자를 사랑하기 때문이라니. 만사에 우유부단, 어영부영하다 보니 이혼할 타이밍을 놓친 거란 말이야. 어이구, 자식도 키워 놓으면 다 소용없는 거야, 그래, 알았다, 알았어. 앞으론 절대로 너네한테 아무 말도 안 할 거다. 속이 썩어 문드러져도 나 혼자 끙끙 앓아야지 뭐. 인생은 어차피 혼자인 걸.

그런데 말이 나왔으니 말이지만, 왜 난 평생을 남편에게 불만이면서 이혼을 안 한 걸까. 하루에도 열두 번씩 이혼하고픈 마음이 불쑥불쑥 든다면서 뭐가 아쉬워서, 아니면 뭐가 두려워서 정작 이혼을 안 했을까. 사랑도 아니라면 무엇이 나로 하여금 이 문제적 결혼 생활을 지속시킨 걸까.

흔히들 말하는 것처럼 '남의 눈 때문'일까, 아니면 '먹고 살기 힘들까 봐'일까, 그것도 아니라면 '그놈의 정 때문'일까, '아이들 때문'일까. 혹은 나이든 이들이 입버릇처럼 말하는 '측은지심 때문'일까.

솔직히 나도 잘 모르겠다. 우리 윗세대처럼 '남의 눈이 무서워서'가 아니라는 것만은 확실하다. 나는 보수적인 내 또래에 비해서는 그래도 '남이 내 인생 살아 주는 거 아니다'라는 신념만은 강한 사람이다. 누가 내 흉을 본다고 친절히 알려 주는 사람이 있으면 '남의 말 하는 사람은 속이 허한 사람'이기 때문에 신경 쓸 필요가 없다고 넘겨 버릴 만큼 배짱이 있다. 또 내가 결혼한 이후 사십여 년이 지나는 동안 이혼에 대한 우리 사회의 시선도 엄청 달라지지 않았는가. 이젠 절대다수가 '절대로 있어선 안 될 일'에서 '살다 보면 그럴 수도 있는 일'로 받아들이게 된 지 오래다.

그렇다면 이혼하면 먹고 살기 힘들까 봐 두려워서 이혼을 안 한 건가. '당신이 군대에 있는 동안은 내가 먹여 살릴 테니 걱정 말라'고 큰소리 탕탕 치며 결혼을 서둘렀던 화려한 전력이 있는데 그새 설마. 뭘 해도 굶지 않을 자신만은 잃지 않은 나였다.

'아이들 때문에'라는 이유는 어느 정도 맞는 말이다. 아이가 없는데도 끝까지 사이좋게 해로하는 부부를 보면 진정으로 부럽고 나 자신을 돌아보게 된다. 만약 우리 부부 사이에 아이가 없었다면 진작 깨졌을 게 틀림없다.

잘 아는 선배 한 분은 남편이 평생 돈을 벌어다 주지 못해 불만이었다. 하루에도 열두 번씩 이혼하고픈 마음이 굴뚝같았지만 결국은 남편과 사별할 때까지 이혼을 하지 않았다. 그는 '사람이 좀 못된 구석이 있어야 그 핑계로 갈라서지. 사람 자체는 너무 착해서 탈일 정도인데 단지 돈 때문에 이혼했다면 자기가 너무 나쁜 여자인 것 같아서 할 수가 없었어. 차라리 외도를 하거나 한 대 때리기라도 했으면 옳다구나 하고 이혼을 했을 거야'라고 털어놓았다.

아, 그러고 보니 나도 비슷하네. 속을 썩이기는 했지만 근본은 착한 사람이라는 생각이 문제였다. 남편감으로는 결점투성이지만 한 인간으로 놓고 보면 꽤 괜찮은 사람이라는 객관적 시각이 이혼을 방해했다는 말이다. 궁색한 핑계라 해도 할 수 없다.

chapter 2

짜고 매워야만 김치인가

때로는 양념 진한 김치도 먹어보고 심심한 김치도 먹어본다. 생미역도 그냥 먹어도 보고 데쳐서 먹어보기도 한다. 꼭 한 가지 맛을 고집하면서 다른 맛을 모르고 사는 것보다 얼마나 풍요로운가. 결혼은 서로 다른 인간들이 상대의 다른 점을 인정하면서 타협해 나가는 과정이다.

결혼해서 좋은 게 고작

아이 낳은 거라고?

살다 보면 후회할 일투성이지만 때로는 스스로 잘했다고 생각하는 일
도 전혀 없는 건 아니다. 잡지나 방송에서 인터뷰를 받다 보면 거의 빠
지지 않는 질문이 있다. '이제까지 살아오면서 가장 잘한 일이 뭐라고
생각하십니까?'

내 대답은 준비돼 있다. 아무리 돌이켜봐도 참 잘했다 싶은 일이 우
선 두 가지가 있다. 하나는 나라에서 '덮어 놓고 낳다 보면 거지꼴을 못
면한다'고 위협하던 시대에 무데뽀로 아이들을 셋씩이나 낳은 것이요,
다른 하나는 '여자 나이 마흔이면 환갑'이라고 생각하던 시절에 다시
공부할 마음을 먹은 것이다.

막힘없이 대답하면서도 솔직히 속으로는 은근히 켕기기도 한다. 만
약 내가 결혼을 하지 않았다면 이런 대답을 못 내놓았을 게 아닌가 하

는 생각 때문이다. 아니, 두 번째로 꼽은 여성학 공부는 결혼을 하지 않았더라도 이 땅에서 마흔까지 여성으로 산 사람이라면 어느 정도 선택할 수 있는 사항이라고 볼 수 있다. 오히려 절대다수가 결혼하던 시대에 결혼을 하지 않았기에 여성으로 산다는 것의 의미를 더 되새겼을지도 모른다.

하지만 내가 만약 결혼을 하지 않았다면 지금의 내 아이들 셋을 낳는 건 원천적으로 불가능하다. 물론 꼭 결혼해야 아이를 낳을 수 있다고 생각하는 건 아니지만 나는 나를 안다. 나처럼 소심한 성격에 결혼하지 않고 아이를 낳을 확률은 제로다. 게다가 솔직히 말해서 엉겁결에 아이를 낳고 나서야 아이 낳기를 잘했다고 생각한 것이지 나중에 인생에서 뭔가를 잘했다는 말을 하기 위해서 아이를 낳은 건 아니잖은가. 그러니 듣기에 좀 괴상하지만 아이들 셋을 얻은 건 순전히 결혼이란 걸 한 덕분이다.

사는 게 유난히 고달프게 느껴질 때, 그래서 왜 결혼을 해서 이렇게 복잡하게 살아야 하나 하고 아무 영양가 없는 회한에 잠길 때, 다시 힘을 내게 만드는 건 항상 아이들의 웃음과 눈빛이었다.

남편에 대한 미움과 불만을 다독이게 만드는 데도 이 아이들이 태어나게 만든 파트너가 남편이라는 사실을 새삼 상기하는 것이 큰 도움이 된다.

물론 때로는 남편이 아이들의 아버지라는 사실을 인정하고 싶지 않을 때도 있다. 아이들이 이렇게 예쁘게 크는 동안 남편이 아무 기여도 하지 않았다는 생각이 들 때다. 그래서 어떨 땐 억지인 줄 알면서도 당신이 없었더라도 이 아이들은 내 아이들로 태어났을 거라는 지극히 비과학적인 주장을 하기도 한다. 그런 주장이 반드시 바보짓인 것만은 아니다. 왜냐하면 스스로 생각해도 너무 어처구니없어서 말할 때 이미 웃음이 터지니까. 웃음은 많은 문제들을 단숨에 풀어 주는 힘을 가졌으니까.

"결혼해서 좋은 점이 고작 아이 낳은 거예요?"

결혼 전 내가 품었음직한 비웃음이 들리는 듯하다. 하지만 너무도 당연하게 나올 수 있는 이 비웃음에 대해선 '아이 낳은 게 고작이 아니라는 걸 결혼해 보면 이해할 거다'라는 꼴통 같은 응수로 마무리하겠다.

그 밖에 결혼해서 좋은 점을 꼽으라면 매우 추상적인 표현이지만 '성숙'이 아닐까 싶다. 주위를 둘러보면 결혼을 하지 않아도 성숙한 인간들이 널려 있고 결혼한 여자들 가운데 성숙하지 못한 인간들이 부지기수다. 그러니 결혼이 인간을 성숙시킨다는 일반론은 지극히 위험하다. 다만 내 경우를 말하자면, 만약 내가 결혼을 하지 않았다면 정말 봐줄 수 없는 인간이었을 게 분명하다는 이야기다. 지금도 나이만 엄청 먹었지 나이에 걸맞은 혜안은커녕 치졸한 짓을 저지를 때가 너무 많지만 그나마 이만큼이라도 온 건 순전히 결혼을 통해 갈고 닦여진 결과다.

결혼을 하지 않았어도 인생의 단맛과 쓴맛을 맛볼 만큼 맛봤겠지만 결혼하고 맛보는 단맛과 쓴맛과는 많이 다를 거라고 짐작한다. 서로 다른 배경과 성격과 습관을 가진 두 사람이 좁아터진 한 공간에서 밤낮으로 부대끼며 산다는 것, 그러면서 상대방의 가족과 친지들과 새로운 관계를 맺어 간다는 것, 아이들의 미래를 설계해 줘야 한다는 것 등은 결혼하지 않으면 닥치지 않을 과제들이다. 때로는 잘 풀릴 때도 있지만 대개는 골치를 썩여야 한다. 과제를 풀어 나가기 위해선 지혜가 필요하지만 그보다 인내심을 발휘해야 할 때가 더 많다.

참고 기다리고 적응하는 노력, 즉 나를 죽여야 결혼 생활을 지속할 수 있다. 결혼 전에는 온전히 나 자신을 위해 살아도 되지만 결혼 후에는 다른 사람들을 먼저 생각할 수밖에 없는 상황이 수시로 생긴다.

'나는 나쁜 여자입니다'라고 선언할 수 있다면 달라지겠지만 대부분의 여자들에게는 그런 용기가 없다. '착한 여자 콤플렉스' 때문일 수도 있고 자신의 행동에 대한 확신이 없기 때문이기도 하다. 남자건 여자건 도대체 자기 자신에 대한 확신을 가진 인간이 어디 그리 쉬운가.

결혼 후 주위 사람들은 나를 보고 이렇게 말하곤 했다.

"네가 이렇게 살다니, 네가 이렇게 착한 여잔 줄 몰랐어."

내가 너무 당돌해서 걱정이라던 아버지도 그렇게 말했고 친구들도 그렇게 말했다.

이런 말을 들을 때마다 마음속이 복잡했다. 조금은 서글프기도 했지만 조금은 흐뭇하기도 했다. 그래, 너도 사람이 되어 가고 있구나. 그러고 보니 결혼도 그리 나쁘지 않은가 보다.

아 이 는

부 부 사 이 의 끈 일 까 ?

결혼 전에는 아무것도 모르면서 나름대로 결혼에 대한 환상 같은 것이 있었다. 간혹 결혼한 사람들로부터 '이놈의 결혼, 애 땜에 살지 애만 없으면 당장'이라는 말을 들을라치면 속으로 비웃었다. 아니 부부라면 사랑 땜에 살아야지 애 땜에 살다니 그게 무슨 태곳적 이야기야? 마치 결혼의 순수성을 훼손하기라도 한 양 불쾌하기까지 했다.

결혼식 날이 다가오자 난 남편에게 거듭 다짐했다. 우리는 아이 때문에 억지로 살지 말자고. 서로 싫증났다 싶으면 머뭇대지 말고 쿨하게(그땐 이런 말이 없었지만) 갈라서자고. 알아들었는지 못 알아들었는지 모르겠지만 남편도 끄덕거렸다.

남의 일이라고 쉽게 보고 아무 말이나 쉽게 내뱉는 거 아닌가 보다. 그로부터 지금까지 수십 년 간 내 입에선 줄곧 '애들만 없었다면 열두 번도 더 헤어졌을 거'라는 넋두리가 끊임없이 흘러나왔으니.

애들만 없었으면 열두 번도 더 헤어졌을 거라는 말은 괜한 푸념이 아니다. 사실 보도인 동시에 진지한 고백이다. 사랑은 예상보다 훨씬 빨리 식어 버렸고 실망은 예상보다 훨씬 자주 훨씬 많이 생겨났다. 결혼 생활이 이처럼 별 볼 일 없는 거라면 차라리 일찍 깨 버리는 게 서로의 인생을 위해서 낫지 않을까라는 의문이 슬금슬금 들기 시작할 때 마치 기다리지 않은 손님처럼 아이가 찾아왔다. 남편도 아직 제대를 안 했으니 아직 아이 낳기 좋은 때가 아니라고 생각했을 때였다.

아이 맞을 준비가 하나도 안 되어 있는 상황이었는데도 정작 아이가 불쑥 찾아오니 마치 오래 기다렸던 손님처럼 반가웠던 건 무슨 조화일까. 임신과 동시에 놀랍게도 결혼에 대한 실망 따위는 감쪽같이 스러져 버렸다. 아이를 맞는 기쁨에 비하면 다른 감정들은 느낄 가치조차 없는 것 같았다.

내 속에서 한 생명이 움트고 자라고 있다는 그 느낌 그 경험은 어떤 말로도 표현할 수 없을 만큼 신비로웠다. 바로 어제까지만 해도 왜 결혼 같은 걸 해서 쓸데없는 소모를 하며 살까 자책했었다. 그런데 오늘은 만약 내가 결혼하지 않았다면 이런 경험을 할 수 없었을 거라는 데 생각이 미치면서 이제까지 별 볼 일 없는 것만 같았던 결혼이 갑자기 엄청나게 근사한 일로 다가왔다. 내 옆에 있는 남자가 아이의 아버지라는 사실을 새삼스럽게 깨닫게 되면서 새로운 눈으로 바라보는 여유가 생기기도 했다. 이 남자는 과연 어떤 아버지가 될까.

그렇다고 뭐 남편에 대해 느꼈던 불만이 하루아침에 사라진 것도 아니었고 남편이 딴 사람처럼 달라진 것도 아니었다. 갑작스럽게 찾아온 부모가 된다는 긴장감에 조금은 서로 조심하긴 했지만 소소한 다툼은 계속 일어났다. 다만 변한 게 있다면 그런 다툼으로 인한 감정 소모가 전처럼 심하지 않다는 사실이었다. 왜냐하면 내게 가장 소중한 건 이미 남편이 아니었기 때문이다.

많은 남편들이 아내의 이런 변심을 섭섭해하는 모양이다. 심지어는 소외받았다는 느낌에 엉뚱한 일탈을 저지르기도 한다. 하지만 아내의 변심을 오히려 다행으로 받아들여야 하지 않을까. 아내의 관심이 아기에게 집중됨으로써 남편에 대한 관심도 훨씬 줄어들고 그에 따라 불만의 강도도 훨씬 약화되기 마련이니까. 그러므로 소외감을 느끼는 대신 남자도 아이 키우기에 적극 동참하는 것이 정답이지만 우리 시대의 남편들은 그러지 못했다. 시대 상황이 그랬고 또 사회화 과정도 지금과는 전혀 달랐다.

우리 젊을 때도 아이 없는 부부들이 꽤 많았다. 열 쌍 중에 한 쌍은 불임 부부라는 통계가 있을 정도였다. 요즘처럼 자발적으로 아이를 낳지 않는 부부도 전혀 없는 건 아니었겠지만 대다수는 아이를 원하는데도 아이가 생기지 않는 경우였다. 당시만 해도 불임의 원인은 무조건 여자에게 있다는 통념이 지배적이었기 때문에 결혼해서 몇 년 동안 아이를 낳지 못하면 남자 쪽에서 이혼을 제기하기 일쑤였다. 혹은 안팎의 스트레스를 견디지 못한 여자 쪽에서 먼저 이혼을 제기하기도 했

아 …
아빠는??

엄마, 사랑해!

다. 이혼이 아닌 입양을 선택하는 이들도 많았다. 물론 철저히 비밀을 지켰다.

직장생활을 할 무렵 내 주위에는 이혼도 입양도 하지 않고 둘만의 결혼 생활을 지속하는 부부도 여럿 있었다. 부부의 속내를 누가 알 수 있으랴만 그들이 언제나 한결같이 존중하고 사랑하는 모습이 참 좋게 보였다.

결혼하고 아이를 낳고 키우면서 그들에 대한 존경심은 더욱 커져 갔다. 나 같으면 아이가 없다면 당장 '쫑'을 냈을 결혼이 아니던가. 그들은 과연 무엇으로 묶여 있길래 아이가 없는데도 그토록 오랫동안 굳건한 관계를 이어갈 수 있는 걸까. 나는 아이 때문에 마지못해 살고 그들은 정말 사랑으로 사는구나. 나야말로 결혼의 순수성을 훼손하는 주범이라는 생각에 공연히 미안한 마음이 들기도 했다.

아무튼 나에겐 아이들이 오랜 결혼 생활을 유지할 수 있게 한 질긴 끈이다. 아이들 키우는 맛은 결혼이 주는 쓴맛보다 훨씬 달았다. 그 맛에 홀려 그럭저럭 웃으며 살아왔다.

요즘 어린 아이를 둔 젊은 부부들의 높은 이혼율을 접하다 보면 여러 가지로 착잡하다. 그들에게 결혼은 무엇일까.

사 소 한 일 로 싸 워 야

큰 싸 움 을 피 할 수 있 다

"우리 부부는 평생 큰소리 내며 싸워 본 적이 없어요."

살다 보면 아주 가끔은 이렇게 말하는 여자들이 있다. 다분히 자부심이 섞인 말인데 재미있는 건 듣는 여자들의 반응이다. 방금 전까지만 해도 자신들의 부부 싸움에 대해서 속사포처럼 쏟아내며 한숨 쉬던 사람들이 그들이 그토록 원했던 '안 싸우는' 부부 이야기를 들었는데도 그저, 시큰둥. 도무지 감탄이나 부러움을 찾을 수 없다. 오히려 '당신 참 불편한 결혼 생활을 하고 있군' 하는 듯한 냉소적인 표정을 숨기지 않는다.

나도 그렇다. 신혼 초부터 오늘 아침까지 하루가 멀다 하고 티격태격하며 살고 있으니 '아이고, 이젠 나이 들어 기력도 달리는데 어떻게 좀 안 싸우고 살 순 없나'라는 넋두리가 저절로 흘러나오는 주제임에도, 실제로 평생 싸워 본 적이 없다는 말을 들으면 나도 모르게 입가에 썩소가 떠오른다. 왠지 부럽지가 않고 숨이 탁 막히는 느낌이다.

아무래도 구제 불능인가 보다. 싸워 봤자 속 시원히 해결되는 것도 아니고 가뜩이나 달리는 기운만 더 빠지는 데다 한동안은 집안에 냉랭한 공기만 떠돌게 하는 그놈의 싸움을 이제쯤은 끝내도 좋으련만 어찌된 셈인지 아직도 품에서 떼어 놓지를 못한다. 그러면서도 남들이 부부 싸움 안 한다는 말을 들으면 삐딱하게 해석하기나 하고. 이쯤 되면 부부 싸움 중독증이라고 할 수 있으려나.

이 나이가 되도록 별거 아닌 일에 핏대를 올리고 서로 질세라 상처 주는 말들을 눈 깜짝하지 않고 주고받을 줄 정말 예전엔 미처 몰랐었다. 아니 어떻게 된 게 나이가 들수록 너무 시시해서 말하기조차 민망한 건수로 싸움이 더 잦아지는지 참 희한하다. 젊었을 때야 그놈의 자존심 때문에 조금만 걸려도 파르르 불꽃이 타올랐다고 해도, 이쯤 나이가 들면 시들어 간 사랑을 되살릴 순 없다 쳐도 상호간에 측은지심을 느껴서 더 참고 더 배려해 줘야 하는 거 아닌가 말이다.

신혼 초부터 많이 싸웠다곤 했지만 따지고 보면 화끈하게 싸워 본 기억은 별로 없다. 싸움을 거는 쪽은 항상 나였지만 본격적인 싸움으로까진 잘 이어지지 않았다. 내가 아무리 큰소리를 내도 저쪽에서 맞서 받아치지 않을 때가 많았기 때문이다. 이 세상에서 최악의 강적은 독한 사람이 아니라 둔한 사람이다. 아니 둔한 게 아니라 무심한 사람이다.

무심한 사람한텐 당해 낼 재간이 없다는 걸 난 일찌감치 터득했다. 남편은 내가 아무리 악다구니를 해도 그냥 이쪽 귀에서 저쪽 귀로 통과시켜 버리는 기막힌 재주를 갖고 있었다. 타고난 재능이기도 하지만 그보다는 결혼 전 어머니의 끊임없는 잔소리를 견뎌 낸 내공의 덕이었다. 대답 없는 벽을 향해 목구멍이 아플 정도로 한참 소리 지르다가 제풀에 꺾여 씩씩거리고 있던 내게 남편은 해맑은 얼굴로 말하곤 했다. "밥 줘." 아이고, 졌다, 졌어.

싸움의 주제는 역시나 '늦은 귀가' '매일 음주' '연락 불통'이 가장 빈번했고 아주 가끔씩 '돈 문제'가 끼어들었다. 남자가 맞서서 변명을 하거나 화를 내야 싸움이 되는데 시종일관 무대응으로 대응하니 결국 나의 일방적인 잔소리가 되고 만다. 그러면 나는 당신은 왜 나를 잔소리꾼 마누라로 만드느냐, 나도 우아하게 살고 싶다며 새로운 라운드로 끌고 들어가지만 돌아오는 건 역시 무대응. 이것이 오랫동안 우리 부부싸움의 실체였다. 이러다 보니 난 우리가 자주 싸우는 부부라고 생각한 반면 남편은 우리가 싸우지 않고 참 사이좋게 산 부부라고 생각하는 것 같았다. 아내와 남편 사이의 거리는 잴 수 없을 만큼 먼가 보다.

드디어 싸움다운 싸움이 성립되기 시작한 건 남편이 일을 접고 집에 머무는 시간이 갑자기 많아지면서부터였다. 부부가 단 둘이 하루 종일 붙어살다 보니 싸움의 양상이 확 달라졌다. 예전 같으면 아무리 내가 뭐라고 해도 귓등으로 흘려들었던 남편이 드디어 맞대응에 나서기 시작한 것이었다. 우선 걸고넘어진 주제는 좋은 말로 하면 알아들을 걸

부질없는 짓인지 알면서도
뭔 놈의 각서는 그리도 많이 받아냈는지…

왜 그리 짜증을 내면서 말하느냐는 것이었다. 내가 한 말의 내용에 대해선 따지지 않고 내가 말하는 태도가 잘못됐다는 것이다. 나는 순식간에 원고에서 피고의 자리로 떨어지고 말았다.

나는 바보같이 적에게 말려들어 내가 제기했던 문제는 잊어버린 채 변명하기에 바쁘다. 누군 짜증을 내고 싶어 내냐, 당신이 짜증을 내게 만드니까 그러는 거 아니냐며 반박하고 그는 자신이 무얼 그리 짜증내게 만들었느냐고 소리 지른다. 원래의 주제는 날아가고 우리는 서로의 태도를 갖고 물고 늘어진다. 이런 싸움에 승자가 있을 리 없다. 결국 죄는 네게 있지만 착한 내가 참는다는 식으로 둘 다 깃발을 내린다.

인생에는 공짜도 없고 헛수고도 없다. 부부 싸움도 자꾸 하다 보면 나름대로 도가 트는 것 같다. 싸우긴 하되 바닥까지 내려가진 않고 적당한 선에서 휴전을 선포할 줄 알게 된다. 나이 덕분인지 싸우고 나서도 돌아서면 금방 잊어버리게 되는 것도 큰 소득이다.

이 나이까지 싸우면서 사는 내가 한심하다가도 그나마 싸우면서 살았으니까 이만큼이라도 산 게 아닐까라고 스스로를 위로한다. '사소한 일로 자꾸 싸워야 큰 싸움을 피할 수 있다'는 말이 있듯이.

그러므로 조금이라도 더 사이좋게 살기 위해 난 오늘도 싸운다. 오늘 점심엔 칼국수를 먹을까, 막국수를 먹을까와 같은 시답잖은 일로.

아 이 들 다 키 우 고 나 서

실 컷 하 면 된 다 고?

교외를 드라이브하는 중년 커플이 있다. 그들이 부부 사이인가 애인 사이인가를 구별하는 확실한 특징은? 뚱한 표정으로 입 꽉 다물고 앞만 바라보면 부부, 서로를 쳐다보며 다정하게 대화를 나누면 애인. 정답!

　오래된 유머다. 아니 유머가 아니라 레알이다. 유머를 만들어 내는 사람들은 정말 통찰력이 남다른 것 같다. 나만 그런가. 부부간에 점점 더 할 말이 없어진다. 얼마 전에는 여섯 시간 이상의 장거리 드라이브를 하면서 남편과 한 말이라곤 고작 '이번 휴게소 들를까 말까' '커피 마실까 말까' 그리고 '점심 뭐 먹을까' 짧게 묻고 짧게 답한 게 전부였다는 사실을 나중에 문득 되새기곤 피식 쓴웃음이 새 나왔다.

　집에 있을 때도 다르지 않다. 언제부터인가 둘 다 하루 종일 꼼짝 않고 집 안에 머물 때가 늘어나고 있다. 대개는 각자의 방에서 컴퓨터와 놀다가 점심 즈음에서야 남편이 '뭐 먹을까' 물으며 나온다. 전 같으면 으레 내가 점심을 준비해서 '밥 먹읍시다'라고 부르면 그제야 나왔지만 요즘은 내가 워낙 밥하기를 싫어하는 줄 알기 때문에 드디어 둔한 남편도 눈치를 보는 편이다. 순전히 내 기분에 따라서 집에서 먹든 나가서 먹든가 결정된다(대단한 권력이다). 집 주위에 널린 음식점을 골라 아무거나 점심을 먹고 나면 또 저녁 먹을 시간이 올 때까지 입을 뗼 일이 없다. 다시 각자 낮잠을 자거나 책을 보거나 TV에 빠져든다. 그야말로 '용건만 간단히' 통화하는 일상이다. 가끔 사소한 일로 말싸움을 하기도 하지만 전반적으로 시간은 조용하게 흐른다.

왜 이리 조용해졌을까. '사십 년 이상을 함께 살다 보니 이제 말이 없어도 눈빛만 봐도 서로 다 통하기 때문일까, 구태여 말이란 소통 수단이 소용없어졌기 때문일까'라고 생각하고도 싶지만 솔직히 그렇게 좋은 쪽으로만 해석할 수는 없는 상황이다. 이심전심의 경지에 이르렀으니 말이 소용없는 사이가 된 게 아니라 말만 하면 부딪치기만 하니 아예 말을 안 하는 편이 훨씬 나은 사이가 되어 버린 것 같다. 말이 오히려 불통을 더 확인시키는 수단이 되고 말았다는 서글픈 현실.

맞다. 차라리 말을 안 하는 편이 낫다 싶은 때가 많다. 하다못해 우리가 너무 말을 안 하고 사는 게 아니냐는 문제를 제기할 때조차 문제를 해결하기는커녕 문제가 더욱 심각해지기만 한다.

어느 아침, '아침 먹읍시다'는 한마디 말 이래 수도승처럼 조용히 먹는 데 집중하다 결국 참을성 없는 내가 먼저 입을 연다.

"여보, 우리가 너무 말을 안 하고 사는 것 같지 않아?"

"응. 그러네."

"우리 말 좀 하고 살자."

"그러지."

"당신이 말 좀 해 봐."

"당신이 하면 왜 안 되는데? 왜 나보고 하라는 거야?"

"난 옛날에 많이 했잖아. 이젠 당신이 좀 해 봐."

"왜 또 옛날 얘기야. 당신은 그게 문제야."

"뭐? 나만 문제고 당신은 문제없어?"

잘해 보자고 시작한 일이 순식간에 감정싸움으로 치닫는다. 기분이 상한 채 앞에 놓인 음식을 폭풍 흡입하곤 조용히 일어선다. 다시는 서로 안 볼 것처럼. 물론 점심때까지지만.

대화를 해 보자는 대화가 이렇게 전개되니 다른 대화들은 오죽할까. 전문가들의 말처럼 남자와 여자는 원래 대화가 안 통하게 생겨 먹은 것일까. 여자는 공감을 요구하는 반면 남자는 분석하려 들기 때문에 원천적으로 대화가 통할 수 없다고들 하던데. 그렇다면 부부 사이에 화기가 넘치는 대화를 원하는 것 자체가 애초부터 이룰 수 없는 목표일지도 모르겠다.

그러나 연애할 땐 항상 시간이 모자라 미처 하고 싶은 말을 다 못하지 않는가. 영화 한 편을 보고 나서도 서로 하고 싶은 말이 얼마나 많았던가. 요즘처럼 영화관을 나서 말없이 귀가하다가 "영화 어땠어?"라고 묻는 말에 "괜찮던데" 아니면 "별로야"라는 단답형으로 끝나지 않았었다.

그렇다면 문제는 결혼 이후 쭉 대화를 하지 않았다는 데 있다. 각자 사느라고 바빠 '꼭 필요한 용건' 이외에 다른 이야기를 나눌 시간이 없었던 거다. 대화는 아이들 다 키우고 나서 좀 한가해질 때 실컷 하면 된다고 생각했던 거다.

그런데 정작 나이 들어 한가해지니 무슨 대화를 나눠야 할지, 또 대화는 어떻게 나눠야 하는 건지 주제와 기술을 몽땅 잊어버렸다. 무슨 일이든지 미루지 말고 '지금 여기서' 해야 한다.

인생에도 연습이 있었으면 좋겠다. 한번쯤은 제대로 살아 보게.

결혼해도 외롭다

결혼 십 년차에 들어설 즈음, 오랫동안 유럽에서 공부, 학위를 얻고 귀국, 그 어렵다는 명문 대학의 교수가 된 친구가 부지런히 맞선을 보러 다닌다는 소식을 들었다. 한창 결혼에 회의를 느끼던 중인 나는 친구의 행동에 놀랐고, 조금은 안쓰러웠다. 나이가 어려 몰라서 하면 모르겠는데 그동안 엄청 경험하고 느낀 게 많은, 사회적으로 확실하게 자리 잡은 학자가 결혼을 서두르다니, 아무리 사생활 침해라지만 친구로서 조언을 하지 않으면 무책임한 짓 같았다.

우리 집에 놀러 온 친구에게 다짜고짜 물었다.

"도대체 너처럼 멋지게 사는 애가 왜 결혼을 하려고 하니?"

친구는 담담하게 대답했다.

"너 같은 애는 오랜 시간 혼자 사는 사람의 그 절절한 외로움을 몰라서 그래. 얼마나 끔찍한데. 다시는 그런 외로움을 겪고 싶지 않아."

친구의 표정이 너무 진지해서 난 그냥 말을 접고 말았다. 어차피 자기 인생은 자기가 선택하는 거니까. 공연히 오지랖을 떤 거지.

그러나 친구와 헤어진 후 내 입 속에선 미처 뱉어 내지 못한 말이 맴돌았다.

"결혼하면 안 외로울 것 같니? 결혼해서 느끼는 외로움은 훨씬 더 끔찍해."

왜 그 말을 못했을까. 아마 친구처럼 오랫동안 그것도 먼 이국에서 혼자 산 적이 없었기 때문에 혼자 사는 외로움의 깊이를 머리로 상상은 하지만 몸으로 느끼진 못했다는 점, 그리고 그 당시 내가 느끼는 외로움을 결혼한 모든 사람들이 느낀다고 단정하는 것도 무리라는 점 때문이었을 게다. 남들이 모두 나와 똑같이 생각하는 건 아니니까.

결혼 전에는 결혼하면 외로움 따윈 아예 느낄 겨를이 없을 줄 알았다. 사랑하는 사람과 함께 산다는 것만으로도 하루하루가 충만할 거라고 기대했다. 그러나 웬걸, 결혼 전에는 별로 외로움을 탄 적이 없었던 나는 결혼하고 나서 외로움이 뭔지 톡톡히 배웠다. '내가 기댈 사람은 이 세상에 아무도 없구나', '산다는 건 거친 황야를 홀로 걸어가는 거였구나'라는 생각에 가슴속에 휑한 바람이 불곤 했다.

물론 처음엔 나를 외롭게 만드는 장본인으로 남편을 꼽았다. 나는 결혼하자마자 일과 살림의 틈바구니에서 허덕이는데 그는 결혼 전이나 결혼 후나 별로 달라지지 않은 일상을 유지했다. 결혼의 쓴맛은 나 혼자 보고 남편은 결혼의 단맛만 보는 것 같았다. 내가 기대했던 성실하고 자상한 남편 노릇은커녕 총각 때처럼 여전히 시간과 약속을 지키지 않으며 나를 기다리게 하고 불안하게 만들면서도 미안하다거나 고맙다는 말을 아끼는 그 때문에 나만 서럽고 외로운 것 같았다.

아이를 낳고 키우면 외로움이 사라질 줄 알았다. 그러나 상상도 못했던 몇 시간의 진통 끝에 드디어 분만대 위로 옮겨졌을 때, 차가운 분만실의 천장에 걸린 형광등에서 차가운 불빛이 사정없이 나를 쏘았던 그때, 나를 엄습한 건 출산의 들뜸이 아니라 바로 절대 고독이었다. 아기가 막 세상에 나오기 직전 나는 '아, 죽을 때도 이렇게 혼자 죽겠구나'라는 뜬금없는 예감에 마음이 착 가라앉았다.

아이들이 생긴 후, 기대했던 대로 아이들이 깨어 있는 낮 동안은 외로움이 끼어들 틈이 없었다. 아이 키우는 일은 몸이 힘든 만큼 마음은 즐거웠고 나는 눈빛 반짝이는 조그만 생명체들이 온전히 내게 기대어 산다는 데 막중한 책임감과 더불어 최고의 희열을 느꼈다. 하지만 하루 종일 시끄럽게 내 주위를 맴돌던 아이들이 모두 잠든 밤, 남편은 여전히 귀가하지 않은 자정 무렵이면 사라진 줄 알았던 외로움이 스멀스멀 기어 나왔다. 그때도 외로움의 근원을 남편의 부재에서 찾았지만 나는 이미 그것이 핑계라는 걸 알고 있었다.

인간은 어차피 외로운 존재다. 연인이 그 외로움을 달래 주는 데 특효약인 건 사실이지만 약효는 늘 시한부일 뿐이다. 특별히 소통이 잘되는 남편이라면 외로움 퇴치에 큰 힘이 되겠지만 그 역시 외로움을 완치시킬 명의가 되기는 불가능하다. 그도 결국은 나처럼 외로운 존재

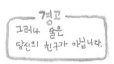

이니까.

　그러니 외로움은 죽을 때까지 끌어안고 달래면서 살아갈 수밖에 없다. 부부라면서 왜 당신은 나를 이렇게 외롭게 만드느냐고 원망하는 건 정말이지 부질없고 허무한 노릇이다. 돌이켜 보면 난 남편한테 너무 많은 것을 바랐던 것 같다. 그래서 남편이 늘 나를 보고 욕심이 너무 많다고 했었나 보다. 그럴 때마다 '나처럼 욕심 없는 마누라 있으면 나와 보라고 그래'라며 펄펄 뛰었는데.

　외로움이 지겨워 결혼하고 싶다던 그 친구는 어쩌면 결혼해도 외롭다는 걸 잘 알고 있었을 거다. 그걸 알고 결혼한다면 모르고 결혼했던 나보다 한결 살기가 수월할 거다. 적어도 나처럼 헛발질에 에너지를 낭비하지는 않을 테니까.

재미없이 사는 것도

재미있는 사람

"나는 재미없이 사는 게 재미야."

TV에서 유명한 노예술인 부부의 인터뷰 장면을 보고 있었다. 남편에게 가장 불만스러울 때가 언제냐는 질문에 아내가 '저이는 재미가 없어요'라고 답하자 옆에 있던 남편이 퉁명스럽게 던진 말이다. 순간 푹하고 웃음이 터져 나왔다. 아내는 그것 보라는 듯이 한심해하는 눈치였지만 나에겐 신선한 충격이었다.

너도나도 어디 재미있는 거리가 없을까 눈을 부릅뜨고 찾아 헤매는 이 시대에 재미없이 사는 걸 재미로 생각하면서 사는 사람이 있다니 정말 재미있지 않은가. 스스로 재미주의자를 자처하며 재미없는 시간을 못 견뎌하던 나는 산에도 오르지 않고 도인을 만난 기분이었다. 재미없이 사는 걸 재미로 생각하면서 살아갈 수만 있다면 인생이 얼마나 재미있을까.

그분의 말대로라면 세상에는 재미없이 사는 걸 재미로 사는 사람도 있고, 재미있게 사는 걸 재미로 사는 사람도 있다. 재미없이 사는 걸 재미로 사는 사람은 항상 재미있겠지만 재미있게 사는 걸 재미로 사는 사람은 재미없을 때가 훨씬 많다. 이런 아이러니가 있나.

하지만 문제는 대다수의 사람들이 재미있게 살고 싶어 하지만 실제 론 재미없게 산다는 데 있다. "요즘 사는 재미가 어때?"라고 물으면 대부분 "재미 하나도 없어"라는 대답이 나오기 일쑤이다. 그리고 이어지는 질문. "어디 재미있는 일 없니?"

재미있게 살고 싶어 하지만 실제론 재미없이 사는 가장 결정적인 이유는 무엇일까. 재미를 추구하면서도 스스로 재미를 만들어 내기보다는 남이 재미를 만들어 주기를 원하기 때문이지 않을까. 스스로는 재미있는 사람인데 주위에 재미없는 사람들뿐이라 재미없이 산다고 생각하는 이들이 많다.

결혼 전에는 재미있게 살았는데 결혼하고 나서는 재미없이 산다고 하소연하는 여자들은 백이면 백 다 남편이 재미없는 사람이라 자신이 재미없는 결혼 생활을 하는 거라고 남편을 핑곗거리로 삼는다. 그리고 또 적지 않은 남편들도 아내가 재미없는 사람이라 자신이 재미없이 사는 거라며 아내를 원망한다.

이처럼 인생이 재미없다고 투덜대는 사람들은 대개 재미있는 사람과 결혼했으면 재미있게 살 수 있었을 텐데 하고 배우자의 재미없음을 탓하고 아쉬워한다. 나도 한동안 그렇게 생각했다. 그러나 결혼의 단 맛과 쓴맛을 골고루 맛보며 이만큼 살다 보니 애쓰지 않아도 뒤늦게 깨닫게 되는 것들이 있다.

그중에 하나가 재미도 능력이라는 사실. 재미도 행복과 같아서 바깥에서 저절로 찾아오는 것이 아니라 내가 찾아 나서야 비로소 만날 수 있다는 사실이다. 재미있게 살고 싶으면 남이 언제 나를 재미있게 해 주나 기다리고만 있을 게 아니라 내가 앞장서서 나를 재미있게 만들어야 한다.

난 오랫동안 꽤 재미있게 살았다. 남편이 워낙 재미있는 사람이라 나를 재미있게 만들어 주었다고 생각했다. 하지만 찬찬히 기억을 되살려 보면 소소한 재밋거리를 만드는 사람은 남편이 아니라 늘 내 쪽이었다. 남편은 여러 사람이 모이는 데서는 분위기를 띄우는 데 탁월한 소질이 있었지만 딱 거기까지였다. 둘만 있으면 그냥 무덤덤한 사람이었다. 대부분 내가 먼저 화젯거리를 꺼냈고 영화를 골랐고 어디 놀러 가자고 제안했다. 남편은 그럴 때마다 별 군소리 없이 따라오는 쪽이었다.

그러다가 어느 즈음부터 사는 게 재미없어지기 시작했다. 집안이 예기치 못한 곤경에 빠진 데다 내 몸에 탈이 나던 때였다. 늘 내 삶에 찰싹 붙어 있을 것만 같던 재미라는 놈이 슬금슬금 사라져 가는 상황에 당황한 나는 재미를 붙들기 위해서 용을 썼으나 소용없었다. 재미를 발동시킬 에너지가 고갈된 탓이었다.

나와 달리 남편은 재미가 없어진 상황을 별로 불편해하는 것 같지 않았다. 내가 재미없어하는 것도 모른 척했다. 그때부터 심술이 나기 시작했다. '왜 나만 재미를 만들려고 안달인가, 저 사람은 왜 받기만 하는 거지?' 너무 불공평한 게 아닌가 싶었다. 동시에 '혹시 저 사람은 재미없게 살아도 괜찮은데 아니, 정확히 말하면 재미있게 산다는 것의 내용이 다른데 이제까지 억지로 나한테 맞춰 온 게 아닐까'라는 의문도 생겨났다.

나는 더 이상 남편과 재미있게 살려고 아등바등하는 대신 그냥 생긴 대로 주어진 대로 살자고 마음먹었다. 나는 이제 재미있는 일을 만들려고 애쓰지도 않았다. 영 지루하면 남편 쪽에서 재미있는 일들을 제안하리라고 기다렸다. 하지만 천만의 말씀이었다. 남편은 지루해하지 않는 것 같았다. 오히려 내가 이것저것 제안하지 않으니 편안한 눈치였다. 아, 그는 재미없이 사는 것도 재미있는 그런 사람이었다.

그는 나와 다른 사람이었다.

그냥 생으로도 먹고

데쳐서도 먹고

부부가 너무 달라도 서로 괴롭지만 부부가 너무 같아도 서로에게 썩 좋은 것 같진 않다. 물론 다르더라도 서로를 이해하고 감싸 안으며 살 수 있다면 그보다 더 좋을 순 없겠지만 대개는 부딪치고 갈구면서 둘 다 자신을 소모시키는 경우가 흔하다. 사소하다 싶은 식성 하나도 큰 싸움으로 번지기 십상이다.

싱겁고 심심한 김치를 좋아하는 남자와 짜고 매운 김치를 좋아하는 여자, 된장과 들기름으로 무친 시금치를 좋아하는 남자와 간장과 참기름으로 무친 시금치를 좋아하는 여자, 생미역을 데쳐 먹어야 한다는 남자와 날것으로 먹는 여자가 만났다. 둘 다 이십 년 이상 다른 집안에 살면서 자신의 식성을 굳혀 온 사람들이다. 연애하는 동안 음식점에서 함께 밥을 먹는 기회가 많았을 테지만 서로의 식성이 다르다고 해서 크게 문제될 것은 없었다. 입맛에 안 맞는 게 나오면 안 먹으면 그뿐이었으니까.

결혼은 다르다. 요즘 젊은 남자들 가운데 요리하기를 좋아하는 이들도 많다곤 하지만 그래도 아직은 대부분 아내가 음식을 맡는다. 신혼의 아내는 서투른 솜씨나마 정성을 쏟아 사랑하는 남편에게 첫 밥상을 차려 준다. 감동한 남편이 맛있게 먹어 주기를 기대하면서.

하지만 이럴 수가. 수저를 들자마자 "김치가 왜 이렇게 짜고 매워?" "시금치 맛이 왜 이래?" "생미역을 어떻게 먹어?" 불만폭발이다.

우리 시대 같으면 당황한 아내가 무조건 사과부터 하겠지만 요즘 그럴 여자가 어디 있겠나. 당장 역공에 들어간다.

"아니, 김치가 짜고 매워야 김치지 그럼 무슨 맛을 기대해? 시금치, 미역도 우리 엄마가 하던 대로 한 건데 웬 트집이야. 먹기 싫으면 관둬."

싸움은 자칫 상대방 어머니의 음식 솜씨에 대한 평가로까지 번지다가 상대 집안의 수준까지 들먹이게 된다. 첫날부터 서로 간에 주고받은 상처는 시간이 지나도 쉬이 아물지 않는다. 그렇다고 언제까지 식성을 놓고 싸우기만 할 수도 없고 결국 타협점을 찾는다. 아니 타협이 아니라 한쪽이 양보하는 쪽으로 끝을 낸다.

예전 같으면 여자가 남자 쪽의 식성을 맞춰 주는 것이 당연했다. 하지만 요즘엔 거의 남자들이 포기한다. 공연히 뻗댔다간 밥마저 얻어먹지 못할지도 모르니까.

먹성이 좋은 남자들이라면 별문제가 없겠지만 입맛이 까다로운 남자들은 아주 괴로워한다고 들었다. 그래서 될 수 있으면 집에서 밥을 안 먹는 쪽으로 머리를 굴린단다.

단지 식성을 둘러싼 갈등만이 아니다. 옷의 선택을 두고도, 또 좋아하는 TV 프로그램 따위의 소소한 취향을 둘러싸고 일어나는 갈등은 수없이 많다. 가장 큰 문제는 서로 취향이 다를 뿐임에도 마치 수준이 다른 것처럼 상대를 모욕하는 것이다.

그러나 싸움을 피하기 위해서 한쪽이 무조건 양보하는 것이 최상의 방법인 것 같지는 않다. 그보다는 양쪽 다 서로의 식성이나 취향을 인정해 주고 자신의 식성이나 취향의 폭을 적극 넓히는 게 훨씬 바람직하지 않을까. 물론 낭비벽이나 도박 따위의 누가 봐도 나쁜 취향까지 인정하면 안 되겠지만.

때로는 양념 진한 김치도 먹어 보고 심심한 김치도 먹어 본다. 시금치나물도 여러 방법으로 무쳐 보고 생미역도 그냥 먹어도 보고 데쳐서 먹어 보기도 한다. 꼭 한 가지 맛을 고집하면서 다른 맛을 모르고 사는 것보다 얼마나 풍요로운가. 식성이 똑같은 부부들은 싸우지 않는 대신 새로운 맛을 익힐 기회를 누리지는 못하니 꼭 좋은 것만은 아니다.

아무튼 결혼은 서로 다른 인간들이 상대의 다른 점을 인정하면서 타협해 나가는 과정이다. 그 과정에서 부부는 좀 더 넓은 세상을 경험하고 타인과 공존하는 법을 터득하면서 좀 더 나은 인간으로 성장해 나갈 수 있다.

때때로 결혼이 참으로 미스터리하다는 생각이 들 때가 있다. 어떤 부부를 보면 결혼 전에는 둘 다 별 볼 일 없었던 사람들이 시간이 갈수록 점점 더 멋있어지는 반면 어떤 부부는 꽤 뛰어난 사람들이었던 것 같은데 결혼하고 나서는 점점 더 초라하게 변해 가는 경우가 있다. 사회적 성공이나 부의 축적을 말하는 것이 아니다. 인간의 품격에 관한 이야기이다. 확실한 것은 결혼을 통해서 더 성장하는 부부가 있는가 하면 오히려 퇴보하는 부부도 있다는 사실이다. 그리고 그 차이는 나이가 들수록 더욱 더 확연히 드러난다.

이상적인 결혼은 어떤 것인가에 대한 대답은 사람마다 다르겠지만, 나는 부부가 서로를 키워 주는 관계라고 믿는다.

운 명 과 우 연 사 이

결혼, '그것 참 잘했구나'와 '왜 했을까' 사이를 수없이 왔다 갔다 하며 사는 중에도 문득문득 인생이란 참 신비롭다는 생각이 들 때가 있다. 우주적으로 보면 티끌보다도 작은 지구이지만 그래도 내 기준으로는 이 넓고도 넓은 땅덩이, 많고도 많은 인간들 중에서 하필이면 왜 이 남자와 만나서 사랑에 빠지고 결혼을 하고 아이들을 낳아 키우고 이젠 속절없이 함께 늙어가고 있을까라는.

누군가는 운명이니 필연이니 심지어는 천생연분이라는 감동적인 표현을 쓰는 것도 같던데 아무리 생각해도 난 인생은 그저 우연의 연속이 아닐까 싶다. 하긴 내가 태어난 것 자체가 우연이 아닌가. 우리 부모님이 꼭 나를 낳고 싶어서 낳으신 게 아니라 어쩌다 태어난 아이가 나일 뿐이지. 인간은 끊임없이 부딪치는 우연 속에서 그때그때 아주 작은 선택을 하면서 그걸 운명적인 결단이라고 착각하며 사는 존재인 것 같다.

도대체 이 남자를 어떻게 만나게 되었을까. 한때는 운명이고 천생연분이라고 믿었던 적도 있었다. 하지만 솔직히 따져 보면 우리의 인연은 백퍼센트 우연이다. 만약 내가 대학 1학년 가을 학기 어느 늦은 오후 수업이 일찍 끝나서 공연히 교정을 어슬렁거리지만 않았어도 연극반 동아리에 들어가는 일은 없었을 것이다. 그때만 해도 남녀공학 대학에서 연극을 하겠다고 나서는 여학생이 거의 없을 때라 동아리 남학생들은 시간만 나면 구걸하듯 여학생 헌팅을 하러 다녔다. 그날따라 못 말리는 호기심 때문에 그들을 냉정히 외면하지 못하고 말대꾸를 하다가 스르르 넘어가고 말았다. 남녀유별이 강하던 시대에 학년도 다르고 학과도 다른 남학생과 마주칠 인연은 그렇게 우연히 생겨났다.

하긴 따지고 보면 모든 만남은 우연이 아닐까. 연애만 우연인 것도 아니다. 소개팅이건 직업적 중매건 결국 다 우연이다. 젊었을 때 난 중매결혼에 대해서 턱없는 편견을 갖고 있었다. 연애는 당사자가 아무 계산 없이 우연히 만나서 이루어지기 때문에 우연이지만, 중매는 중매쟁이가 누구건 서로간의 조건을 따져서 맺어 주기 때문에 우연이 아니라 계산된 필연이라는 이분법에 빠져 있었다. 연애는 하늘이 맺어 주는 인연이라 사랑으로 지속되고 중매는 인간이 맺어 주는 인연이라 법으로 지속된다고 믿었다. 심지어는 모든 중매결혼은 일종의 정략결혼이므로 순수하지 못하다고 생각했다.

나이가 들어서야 순수하다고 주장했던 연애에도 은연중이건 노골적

이건 나름대로 현실적인 계산이 작용하는 것이며 중매로 만난 사이라도 얼마든지 순수한 사랑이 싹틀 수 있다는 걸 알았다. 사람을 만나는 일은 계산으로 가능할 수 있어도 만남의 지속은 계산만으로 이루어지기엔 인간이란 존재가 너무 복잡하기 때문이다.

어느 중매쟁이의 리스트에 오르느냐는 것 자체가 우연의 결과이며 중매쟁이가 수많은 후보들 중에서 누구와 매칭시킬 것인가 결정하는 것도 우연이다. 인연은 결국 수많은 우연이 쌓여 맺어지는 것이다.

좀 이상하게 들릴지 모르지만 남편과의 만남이 운명적인 것이라고 생각하는 것보다 우연한 만남이라고 생각하면 난 마음이 한결 가벼워진다. 운명이란 말은 뭔가 비장미가 느껴지지만 우연이라는 말은 경쾌함이 느껴지기 때문이다.

운명적인 만남이라면 무조건 순응해야 할 것 같은 위압감이 느껴진다. 어떻게 감히 지지고 볶고 할 수 있으며 또 어떻게 감히 아이고, 열두 번도 더 이혼하고 싶다는 푸념을 입 밖으로 뱉을 수 있었겠는가. 그보다는 나의 멋진 운명은 따로 있었는데 그 운명을 만나러 가는 길에 우연히 다른 남자를 만나 인생이 꼬였다고 믿고 사는 게 훨씬 견딜 만하지 않은가. 우연히 만났는데 이 정도라도 맞춰 사는 게 참 기특하기도 하고.

나만 그런 게 아니라 남편 쪽도 마찬가지일 거라고 믿는다. 우연히 만난 여자이기 때문에 그나마 참고 봐줄 수 있는 거지 운명이라고 생각한 여자가 이 정도밖에 안 된다면 스스로가 너무 불쌍해질 것 같기 때문이다.

　이 넓은 지구, 수많은 사람들 속에서 우연히 만난 두 사람이 몇십 년을 지지고 볶으면서도 헤어지지 않고 끈질기게 함께 살아왔다는 것, 그것 자체가 기적이다.

내가 만약

결혼을 안 했다면

'만약 뭐뭐 했다면'이라며 공연히 회한에 젖는 것처럼 쓰잘데기없는 짓도 없다. 선택의 순간은 오직 단 한 번뿐이며 설혹 그 순간이 다시 온다 해도 나는 여전히 그 순간의 나이기 때문이다. 한 번 살아 본 다음 다시 태어난다 해도 전생을 기억하지 못하는 한 나는 또 같은 선택을 할 게 뻔하다.

결혼은 당연히 해야 하는 걸로 생각했지 언감생심 결혼을 안 하고도 얼마든지 살 수 있다는 생각을 꿈에도 품어 보지 않았던 주제에 '내가 만약 결혼을 안 했다면'이란 가정을 한다는 것 자체가 설득력도 없고 아무 영양가도 없는 말놀이일 테지만 사람이 지난날을 곱씹다 보면 백일몽을 꿔 볼 수도 있는 거다.

결혼에 관한 이야기를 미주알고주알 끄집어내다 보니 처음 책을 쓰기로 마음먹었을 때의 의도와는 자꾸 어긋남을 느끼게 된다. 아무래도 내 경험이 중심이 되다 보니 결혼의 긍정적인 측면보다 부정적인 면만 자꾸 들춰내게 되는 거다. 세상 모든 일에 빛과 그림자가 있는 법인데 지나치게 편파적으로 흐르는 것 같아 이쯤해서 한 번 호흡을 가다듬는 것이 필요하다 싶은 생각이 든다.

'내가 만약 다른 남자와 결혼을 했다면'이라는 상상도 재미있을 듯 한데, 유감스럽게도 딱히 결혼하고 싶었던 '다른 남자'가 떠오르지 않는다. 그렇다고 이만큼 살아오면서 호감을 품었던 남자들이 없었던 건 아니다. 알고 보면 세상에는 나쁜 남자들도 많지만 좋은 남자들도 많다. 하지만 지금 내가 함께 살고 있는 남자도 만약 나와 결혼하지 않았다면 내가 마음속이나마 변함없이 좋아했을 남자다.

그러니까 내가 결혼에 대해서 회의를 느끼는 원인은 남자를 잘못 골라서가 아니라 결혼을 했다는 것 자체에 있다. '내가 만약 다른 남자와 결혼을 했다면'이라는 가정은 '내가 만약 결혼을 안 했다면'이라는 가정보다 더 쓸데기없는 짓이다.

내가 만약 결혼을 안 했다면 난 지금까지 어떻게 살아왔을까.

일단 큰 이변이 없는 한 결혼 전에 하던 일을 계속했으리라. 그런데 실제론 다니던 신문사에 큰 이변이 생기긴 했다. 함께 일했던 동료들이 대부분 해직되었으니 아마 나도 그랬을 게다. 그러나 어떤 경로를 거치든지 간에 비슷한 일을 찾았을 게 틀림없다. 잡지사나 출판사 등에 취직해서 계속 글을 쓰거나 남의 글을 보거나 하는 일로 생계를 해

결하고, 틈틈이 소설가의 꿈을 이루기 위해 습작에 몰두하겠지. 물론 단칸방을 얻어서라도 집에선 나왔을 테고.

목표는 박경리나 박완서. 거위도 언젠가는 날 수 있다는 꿈을 꾸며 사는데 나라고 꿈도 못 꿀 게 뭐람. 밤을 패며 원고지를 메꿔 보지만 돌아오는 건 결국 점점 더 깊어지는 좌절감. 어쩌다 기회를 얻어 장편이나 단편집을 출간한다 해도 반응은 신통찮을 게 분명하다. 그저 '작가'라는 타이틀이나 얻을 정도면 다행, 평생토록 생계 걱정은 계속 따라다닐 것이다. 젊었을 때야 이것저것 알바라도 뛰겠지만 나이 들면 어떻게 살까. 생각이 이쯤에 이르니 갑자기 오한이 든다. 아무것도 못 이루었다는 회한은 그렇다 치고 당장 생계를 해결할 일이 막막하다니 끔찍하지 않은가. 쪽방촌이니 고독사니 하는 것들이 남의 일이 아니다.

너무 비관적인 상상이라고? 주위의 내 또래 독신 여성들을 보면 우아하고 품위 있게 잘 살고 있지 않느냐고? 그건 맞다. 드물지만 내 또래에도 결혼하지 않은 여성들이 여럿 있고 그들은 예외 없이 풍요로운 노년을 보내고 있다. 하지만 그들은 모두 교직을 가졌던 여성들이다. 연금이란 안정된 장치가 보장된 직업을.

'당신도 학력이 좋으니 혼자 살았다면 열심히 공부해서 교직을 얻지 않았을까?'라고 묻는다면 내 대답은 '절대로!'다. 이 점에서만은 나는 나를 잘 안다. 책은 좋아하지만 나는 꾸준히 공부하는 체질이 아니다. 호기심이 많고 사소한 유혹에 잘 빠지는 성격이라 책상에 오래 붙어 있지 못한다. 소설가로 성공 못할 거라는 비관적인 결론도 재능도 재능이지만 결국 지구력이 부족하다는 고백에 다름 아니다.

이런 반전이 있다. '만약 결혼을 안 했다면'이라는 가정이 쓰잘데기 없는 말놀이인 줄로만 알았는데 구체적으로 풀어 가다 보니 쓸데없는 짓이 아니었나 보다.

씁쓸하기 짝이 없는 결론이지만 결혼을 괜히 했다며 줄곧 투덜거렸던 나는 애초부터 혼자 살 능력이 없는 여자였다. 그래도 멋모르고 결혼이라도 했으니 그나마 덜 지루하게 살았고 이만큼의 노년을 누릴 수 있었던 거였다. 그렇다고 오해는 마시라. 이 모든 것이 남편 덕분이라는 말은 절대 아니다.

chapter 3

45년차 결혼선배가 들려주는
결혼의 기술

'알았어. 내가 잘못했어'라는 말이 오히려 불에 기름으로 작용할 때는
또 얼마나 많은가. '아는 사람이 그런 짓을 해?'라는 힐난을 당하면 '잘못
했다는데 웬 꼬투리냐'로 이어지는 끝없는 말싸움으로 번지기 십상이
다. 그러니까 사이가 좋을 때 미리 약속을 해 두면 어떨까. 누구라도 먼
저 화해를 위한 '작은 표현'을 할 경우 상대는 무조건 받아들일 것을.

남들 하는 것처럼만

한다고?

좋은 사람 있으면 소개시켜 주세요.

어떤 사람을 원하는데?

전 아무 욕심 없어요. 그저 평범한 사람 만나서 평범하게 살고 싶어요.

어떤 사람이 평범한 사람인데?

그냥 남만큼만 생기고 웬만한 학교 나오고 괜찮은 직장에 다니는 남자
면 되죠, 뭐. 아, 부모님도 웬만큼만 사시면 되고요.

키가 좀 작으면 안 되나? 그렇다고 아주 작은 건 아니고.

어유, 키는 좀 있어야죠. 아무리 작아도 175는 돼야죠. 요즘 남자가.

학교는 꼭 명문대 아니라도 괜찮지? 명문대는 안 나왔지만 굉장히 똑똑
한 사람이야.

네, 저는 학벌 따지는 사람은 아니에요. 하지만 그래도 저보다 처지는

대학은 곤란하잖아요? 저야 괜찮다 쳐도 남자 쪽에서 콤플렉스 느끼면 반드시 나중에 문제가 생긴대요. 재산은 기울어도 학벌은 기울면 안 된다고 하더라고요.

요즘은 학벌이 좋다고 해서 무조건 일자리가 보장되는 시대가 아니잖아. 명문대 나와서도 백수가 얼마나 많아. 본인이 똑똑해야 돼. 이 사람은 명문대 안 나와도 대학 나오자마자 중견 기업에 떡 붙었다니까.

어머나, 대기업이 아니고, 중견 기업이라고요? 난다 긴다 하는 대기업도 흔들흔들 하는 판인데 그런 별 볼 일 없는 회사에 들어갔다가 금방 망하기라도 하면 어떡해요? 그런데 그 사람 부모님은 살 만하신가요?

그럼 살 만하지. 자기 집 한 채 있고, 연금도 있으니. 노후 걱정은 안 해도 될 걸.

아니요. 부모님 사는 형편 말고 자식한테 아파트 정도는 사 줄 만큼 여유 있는 집이냐고요?

아이고. 대한민국에 그런 부모가 몇이나 있겠어? 큰 부자 아닌 다음에.

큰 부자나 재벌을 바라는 게 아니에요. 그냥 자식 결혼할 때 최소한의 도움을 줄 수 있을 정도면 돼요. 남들 하는 것처럼만요.

그 남들이 도대체 누군데?

제 친구들이죠 뭐.

그 친구들 시댁은 어떻게 해 줬는데?

강남에 소형 아파트 하나씩은 다 사 줬어요. 그런데도 집이 너무 좁다고 그거 전세 놓고 좀 멀리 나가서 큰 아파트에 세 들어서 살고 있어요.

강남에 소형 아파트를 사줄 수 있는 집이 평범한 집이니?

그럼요. 중대형도 아닌데요. 그 정도도 못 사 주면 평범한 게 아니라 찌질한 축에 들어가는 거예요.

어떡하지. 내 주위엔 몽땅 찌질이들뿐인데. 미안하다. 나처럼 찌질한 사람한테 부탁하지 말고 평범한 사람한테 부탁해 봐.

이 여성만 흉볼 수도 없다. 어떻게 된 노릇인지 입으로는 모두들 '평범한 게 최고야'라면서 실제로 원하는 것은 모두 저 높은 곳에 있다. 지상의 존재로도 모자라 별에서 온 남자를 바란다.

한국 여자들 너무 눈이 높아서 큰일이라고 비난하는 남자들도 마찬가지다. 평범한 여자면 족하다는 남자들도 예쁘고, 스타일 좋고, 집에 돈 좀 있는 여자들을 바란다. '성격이 좋은 여자'가 최고라고 추천하면 '예쁘면 다 용서된다'는 말을 거침없이 한다. 심지어는 성형 미인도 상관없단다. 아니 상관없는 정도가 아니라 성형을 해서라도 예뻐지려는 노력을 하지 않는 여자는 여자로서의 매력을 포기한 여자란다. 체중이 꽤 있어 보이는 데도 살 빼려는 노력을 하지 않는 여자는 게으른 여자란다. 거기에다 이왕이면 외손주 학비쯤은 팡팡 쏘아 줄 처가였으면 좋겠다고 대놓고 원한다.

남자 여자 할 것 없이 너무 솔직해진 건가, 아니면 너무 천박해진 건가. 판단이 잘 안 선다. '우리가 너무 내숭을 떨고 산 세대였나' 짐짓 반성도 해 보고, 궁핍을 모르고 자라난 세대니까 그 이상을 요구하는 게

꿈은 ★ 이루어질까??

당연할 수도 있겠다고 이해하려고 애써 보지만 아무리 생각해도 이건 아닌 것 같다.

살다 보면 진짜 평범하게 살기—그들 말에 따르면 찌질하게 살기—도 얼마나 어려운 과제인지 저절로 알게 될 텐데. 그래 나이 들면 어차피 닥칠 찌질한 현실인데 젊었을 때 꿈이나마 크게 꾸라고 하지 뭐.

엄마의 기대를

저버리고 싶지 않다고?

요즘 잘 나가는 아이돌그룹의 멤버라고 했다. 이름이 뭔지는 기억나지 않는다. 젊은 연예인들은 얼굴도 다 똑같아 보이는 판에 여러 번 듣는다고 쉽게 이름이 외워질 리 없다. 그냥 다 예쁘고 잘 생기고 멋있다. 우리 세대와는 인종이 다른 것 같다.

난 그 애들은 생김새만큼이나 생각도 멋있을 거라고 상상했다. 무엇보다 자유로운 영혼의 소유자들일 거라 믿었다. 게다가 일반인(?)이 아닌 연예인이 아닌가. 팬들에겐 저 높은 곳에서 반짝이는 별과 같은.

진행자가 물었다.

"사랑하는 사람이 있는데 부모님이 반대하시면 어떻게 하실래요?"

'아니 지금이 어느 시대인데 저렇게 고리타분한 질문을 하는 거야? 저렇게 시대착오적인 사람에게 MC를 맡기다니 참 한심하네'라고 비아냥거리는 순간 뒤통수를 맞았다. 별로 고민하는 기색도 없이 꽃보다 아름다운 그 청년이 또박또박 대답했다.

"전 부모님 말씀을 따를 거예요. 부모님이 안 된다고 하시면 그만둬야죠."

오히려 질문한 사람이 당황했나 보다. 말을 더듬는다.

"그, 그만둔다고요? 진정으로 사랑하는 여자라도 그, 그렇게 쉽게 헤어지겠다고요?"

청년은 한 발짝 더 나간다.

"저는 부모님이 좋다고 하시는 여자와 결혼할 겁니다. 부모님이 저보다 오래 사셨으니 사람도 저보다 더 잘 보실 게 확실하니까요."

MC의 반응이 어땠는지는 잘 모르겠다. 내 반응만은 확실히 기억난다.

"아이고, 우리 애기 참 착하네요~"

미안하지만 칭찬이 아니었다. 청년의 부모님은 흐뭇해했을지 어떨지 모르겠지만 내겐 일종의 충격이었다. 그리고 바로 얼마 전 대학에서 청년들을 가르치는 친구를 만났을 때의 일이 떠올랐다.

그는 요즘 청년들이 점점 성인이 아니라 '엄마의 아이'가 되어 가고 있다고 탄식했다. 능력은 뛰어나나 마땅히 그 능력을 펼칠 기회가 없는 우리나라 고학력 엄마들이 고도의 기술로 아이를 완벽하게 통제하는 데 성공한 결과라고 했다. 특히 완벽한 스펙을 쌓은 청년들일수록 엄마에게 더 순종적이라는 것이다. 그들의 스펙은 엄마의 성과였다.

빈틈없는 정보력과 빵빵한 재력으로 명문대 공략에 성공했으므로. 결혼 시장에서도 그들은 특급 대우를 받기 때문에 굳이 짝을 찾아 나설 필요가 없으며 줄지어 늘어선 후보자들 중에서 엄마가 찍어 주는 여자와 결혼함으로써 안정된 미래를 보장받는다.

혹시 결혼 과정에서 혼수 문제로 마찰이 일어날 경우에도 엄마의 재빠른 판단으로 계속 결혼을 추진할 것인지 중단할 것인지 결정한다는 것이다. 혹시 둘 사이에 호감을 느꼈더라도 엄마가 안 된다고 하면 그걸로 끝이란다.

엄마 말 잘 듣는 착한 아이를 위해 엄마는 비싼 집을 마련해 주고 아이가 아이를 낳으면 양육비를 대 주는 등 일생에 걸쳐 철저한 애프터서비스를 제공한다. 엄마 말 잘 듣는 착한 아이는 복을 받는 법이다.

난 혼자 짓궂은 상상을 펼친다. 그 착한 아들은 엄마가 찍어 준 아내와 별 탈 없이 살 거야. 사랑이 없어도 아무 문제가 없을 거야. 열정이 없으니 다툼도 적을 테니까. 워낙 성실한 모범생이니까 사회에서도 엄마의 기대를 저버리지 않고 승승장구할 거야. 그렇지만 인생이 어디 그리 만만한가. 크건 작건 역풍을 맞게 돼 있지. 어느 날 갑자기 회의가 들 거야. 이렇게 사는 게 맞는 건가, 혹시 내가 잘못 살아온 건 아닐까, 난 무엇을 놓치고 살아온 걸까.

성공한 남자들이 기상천외한 사건을 일으켜서 우리를 놀라게 만드는 경우가 심심치 않게 일어나는 우리 사회다. 모범적인 상사, 착실한 가장으로 칭송받던 남자들이 꽃뱀에 홀려 비리를 저지르거나 지하철에서 여자들 치마 속을 몰래 촬영하거나 심지어는 밤길 지나가는 여학생 앞에서 바지춤을 내리기도 한다.

부모가 반대하는 여자와는 절대로 결혼하지 않겠다는 예쁘고 착한 청년을 보면서 난 혼자 삐딱한 소설을 쓰고 있었다.

성격, 취미, 습관이

너무 다르다고?

부부는 살아온 배경이 다르고, 성격이 다르고, 습관과 취미도 다른 두 사람의 결합이다. 달라도 너무 다르면 갈등도 많아지지만 그만큼 재미와 보람도 배가된다. 친구들도 모든 면에서 나와 너무 똑같은 사람보다 여러 면에서 나와 다른 사람과의 관계가 더 오래간다. 나와 많이 닮은 친구는 편하기도 하지만 반대로 내가 보기 싫은 나의 단점이 저절로 보이기 때문에 부딪칠 때가 많다. 반면 나와 다른 사람은 때로는 부딪치기도 하지만 내가 모르던 삶의 재미를 맛보게 해 준다.

사랑의 불꽃도 진화심리학적 관점을 떠나서 보자면 남자와 여자가 워낙 다른 별에서 온 것처럼 생판 다르기 때문에 쉽게 타오르는 것이 아닐까. 결혼은 두 외계인의 차이를 끊임없이 확인하는 과정일지 모르겠다. 처음엔 '우리는 하나'라고 굳게 믿다가 수없는 갈등을 거쳐 드디어 '우리는 둘'이라는 결론에 이르는. 남자와 여자라는 성별 차이에 비하면 배경이나 성격, 습관, 취미의 차이쯤은 극히 사소한 차이인 것 같다.

드라마나 소설 들은 서로 배경이 다른, 즉 부와 지위, 학력이 다른 남녀가 숱한 반대와 오해와 갈등을 뛰어넘어 결혼에 골인하는 현대판 신데렐라 스토리의 변형물들로 넘쳐 난다. 여성의 지위가 아무리 높아져도 신데렐라 이야기는 여전히 매력적이다. 반면 남자 신데렐라는 아직도 환영받지 못한다. 그들은 그저 등처가 아니면 제비로 불릴 뿐이다. 우리 사회에서 알파걸의 결혼이 어려운 이유다. 남자 신데렐라나 전업주부 남편이 아무런 화젯거리가 안 될 만큼 흔해질 때가 바로 진정한 양성평등이 이루어진 때가 아닐까.

남자와 여자의 성격이 내향성과 외향성으로 확연히 다를 경우 그 가정의 분위기는 대략 두 가지로 나뉜다. 두 사람이 서로의 성격을 존중해서 서로 화음을 맞춰 나가려고 노력하는 가정이 있고, 상대의 성격은 무시하고 자신의 성격대로 밀어붙이려고 하는 가정이 있다. 한쪽은 늘 평화로운 분위기지만 다른 쪽은 상대가 포기하지 않는 한 늘 시끄럽다.

이 경우 남자가 늘 주도권을 잡는 것은 아니다. 남녀를 떠나 목소리가 큰 쪽이 주도권을 잡는 게 보통이다. 요즘 시어머니들은 대부분 아들이 너무 약해서 며느리에게 눌려 지낸다고 하소연한다. 이럴 줄 알았으면 어렸을 때 공연히 남녀평등 운운하며 여자애들을 존중하라고 가르치지 말고 좀 더 '남자답게' 키울 걸 하며 뒤늦게 후회한다. 딸이고 아들이고 자신의 목청만 높이지 말고 상대의 말에 귀 기울이는 법을 가르치면 얼마나 좋을까. 한번 형성된 성격은 여간해서 쉽게 고칠 수 없는 법이다.

습관의 차이는 조금만 노력하면 쉽게 극복할 수 있다. '좋은 습관'과 '나쁜 습관'은 분명히 구별되기 때문이다. 과도한 음주나 흡연 등은 누가 봐도 나쁜 습관이므로 상대가 그런 습관을 갖고 있다면 습관을 고치도록 도와주어야 한다. 그러나 어떤 부부들은 단지 식성이 다르다는 이유로 상대방을 무시하기도 한다. 시금치를 된장에 무치든 간장에 무치든 소금간을 하든 그 어느 것도 나보다 저급한 식성이 아니다. 식성이 다르다는 건 오히려 요리의 다양성을 즐길 수 있는 좋은 기회가 아닌가.

취미가 다르다는 것 역시 축복받은 일이다. 상대의 취미를 폄하하고 자신의 취미를 따르라고 강요하지 않는다면. 음악을 좋아한다고 꼭 클래식만 들어야 하는 건 아니다. 팝이나 힙합 트로트를 좋아한다고 저급한 사람 취급한다면 인격 모독이요 폭력이다.

상대의 취미를 존중하고 함께 즐기려고 노력하면 이제까지의 내 세계가 두 배로 넓어질 수 있다. 물론 권하는 차원을 넘어 상대에게 강요하지는 말아야 한다. 사랑한다고 해서 똑같은 취미를 가져야 하는 건 아니다. 또 낚시를 좋아한다고 매주 혼자 낚시 여행을 떠나는 남편도 잘하는 건 아니다. 취미의 자유도 중요하지만 가족과의 유대도 중요하

다. 서로 타협을 통해 잘 조율해야만 쓸데없는 갈등을 줄일 수 있다.

이런 차이들에 비해서 훨씬 심각한 차이가 있다. 가치관의 차이가 그것이다. 성공과 행복에 대한 생각이 확연히 다르면 부부 관계는 늘 위태로울 수밖에 없다. 성공하면 그것이 곧 행복이라고 믿는 사람과 행복하면 그것이 성공이라고 믿는 사람 사이의 거리는 하늘과 땅만큼이나 멀다. 삶의 목표를 성공에 둔 사람은 목적을 위해서는 수단 방법을 가리지 않는다. 그 배우자가 같은 가치관을 갖고 있다면 남들 눈에는 어떻게 보일지 몰라도 당사자에겐 별 문제가 없다. '그 밥에 그 나물'처럼 어찌 보면 환상의 커플이다.

그러나 배우자가 전혀 반대의 가치관을 가졌다면 문제는 달라진다. 왜 저러고 사나 싶어 안타까워하다가 경멸하는 지경까지 이르게 되고 그런 인간과 사는 자신에 대한 회의가 깊어진다. 배우자도 마찬가지이다. 세상 물정도 모르는 유약한 인간이 자신을 존경하기는커녕 경멸까지 하니 분노가 치민다. 싸움은 쉽사리 상호간 인격 모독으로 치닫고 갈등은 봉합이 불가능해진다.

최소한 결혼 전에 무엇이 가치 있는 삶인가에 대해서 끝장 토론을 해 볼 필요가 있다.

아이 낳기 딱 좋은 때?

이리저리 재다 보면 도저히 아이를 낳을 수 없다. 아무리 머리를 맞대도 아기 낳기 딱 좋은 때를 잡기란 거의 불가능하다. 어느 때나 이것저것 걸리는 것들이 있다. 예전 세대가 아이를 쑥쑥 잘도 낳은 것은 그땐 아이를 언제 낳을 것인가를 셈할 필요도 여유도 없었기 때문이다. 남녀가 결혼하면 아이가 생기는 거고 아이가 생기면 생기는 대로 낳는 거지 언제 낳을까, 몇이나 낳을까 생각하고 자시고 할 게 없었다.

요즘 같은 초저출산시대에도 아주 가끔 하늘이 주신 대로 낳는다는 부부들이 있긴 하다. 대중매체가 앞다퉈 그런 가족들의 행복한 모습을 비춰 주면서 은근히 출산을 독려하지만 보통 부부들을 자극시키기엔 어림도 없다. 오히려 부러움보단 쓸데없는 걱정거리만 안겨 줄 뿐이다. 저 사람들 형편도 썩 좋아 보이지 않는데 앞으로 저 많은 아이들을 어떻게 먹이고 입히고 공부시키려나 하는.

예전에는 '저 먹을 건 타고난다'고들 했다. 우리 조상들이 유난히 맹목적인 낙관론자들이었기 때문이 아니라 혹 부모가 잘못 되더라도 대가족이, 또 이웃이 보살펴 주리라고 믿었기 때문이었다. 아이는 엄마와 아빠 단 둘이 키우는 게 아니라 공동체와 더불어 키우는 것이기 때문에 요즘처럼 부모가 아이들을 데리고 죽는 '동반자살'이라는 이름의 끔찍한 살인을 저지르지도 않았다.

지금은 아이 키우는 일이 예전보다 몇 배, 몇십 배로 힘들어졌다. 대가족과 공동체라는 든든한 울타리가 사라졌기 때문이다. 아이는 오로지 엄마 아빠가 키워야 한다. 게다가 두 사람 모두 바깥일을 해야만 먹고살 수 있는 세상이 되었기 때문에 엄마가 전적으로 맡아서 키우는 것도 어렵게 되었다. 교육은 또 어떤가. 세계 최고의 교육열을 자랑하는 나라인 만큼 돈과 시간과 정성에서 세계 최고의 부담이 요구되고 있다. 집값은 나날이 올라서 젊은이들 자력으로는 웬만한 전셋집도 마련하기 불가능한 시대가 되고 말았다. 그러니 어찌어찌 결혼했다고 아무 생각 없이 덥석 아이를 낳았다간 고생길로 직행이다.

혹여 남자가 아이를 갖고 싶어 해도 여자 쪽에서 선뜻 받아들이기 힘들다. 이제 겨우 일터에서 자리를 잡기 시작했는데 아이 때문에 경력을 단절시키기가 너무 아깝다. 법적으로 육아휴직이 보장되었다곤 하나 현실에서는 여전히 껄끄럽게 보는 세태도 걸림돌이다. 복직을 하더라도 그간의 갭을 메우기 위해선 더 열심히 일해야 하는데 집에 남겨 놓고 나온 아이 때문에 신경이 분산되기 일쑤다. 소수의 슈퍼우먼

을 제외하면 대부분의 여성들이 일과 가정 사이에서 극심한 갈등을 겪고 있다. 이런 워킹맘 선배들의 고충을 옆에서 지켜봐야 하는 후배들로선 아이 낳기가 점점 두려워질 수밖에.

취업도 어렵고, 결혼도 어렵고, 출산도 어려운 3난시대. 요즘 젊은이들을 보면 먼저 태어나서 어영부영 살다가 어느새 훌쩍 늙어 버린 게 정말 다행이라는 생각이 절로 든다. 물론 우리 또래 중에서도 '옛날 젊은이라고 안 힘들었나 뭐?'라며 요즘 젊은이들의 나약함을 탓하는 이들도 많지만.

요즘 젊은이들이 아이 낳기를 미루고 두려워하는 이유를 백분 이해하지만 그럼에도 불구하고 나는 그들이 아이를 듬뿍듬뿍 낳았으면 참 좋을 텐데 하고 아쉬워하는 쪽이다. 뭐 이대로 가다간 국가의 존폐가 우려된다는 거국적인 우려 때문이 아니라 아이를 낳아 키운다는 건 그 어떤 일보다 보람 있고 행복한 경험이라고 굳게 믿기 때문이다.

이런 나를 보고 우리 아이들은 '대책 없는 출산주의자'라고 놀려 대지만 그 아이들 역시 아이들을 둘씩 낳은 걸 보면 내 말에 어느 정도 동조하는 게 아닐까. 똑똑하고 재주 많은 며느리들이 육아 때문에 자신이 하던 일을 접거나 줄이는 모습을 보면 같은 여성으로서 안타깝기 그지없지만 그들이 육아에 힘들어하면서도 행복해하는 모습은 보는 나까지 행복하게 만들어 준다. 나는 속으로 '그래, 맘껏 사랑하고 즐겨라. 이 시간은 바람처럼 지나갈 테니'라는 응원의 메시지를 보낸다.

그러니 젊은이들이여, 너무 셈을 앞세우지 말았으면 좋겠다. 어차피 인생은 셈한 대로 풀리지 않을뿐더러 완벽한 셈은 어디에도 없는 법이니까. 지금 이익이라고 생각해 봤자 나중에 손해일 수도 있고 지금 손해일 것만 같은데 결국은 이익으로 돌아올 수도 있는 게 인생이다.

아무리 생각해도 가장 어리석은 셈법은 '아이 하나 키우는 데 얼마가 든다'는 계산이 아닐까 싶다. 단언컨대 아이를 안 낳는다고 그 돈이 고스란히 내 통장에 쌓이지는 않는다. 물론 보다 풍요로운 문화생활을 즐길 수 있는 건 틀림없지만 아이를 키우면서 얻는 즐거움은 문화생활을 누리면서 얻는 즐거움 그 이상이다.

그런데 단지 부모의 즐거움을 위해서 이 거칠고 위험한 세상에 아이를 내놓아도 좋단 말이냐, 너무 무책임한 짓이 아니냐는 반론도 있으리라. 하지만 아이에게 세상을 경험할 기회를 원초적으로 박탈하는 건 세상을 경험해 본 선배로서 조금은 월권 행사가 아닐까. 나는 세상이 추하다고 볼지라도 내 아이는 이 세상을 더없이 아름답게 볼 수도 있으니까.

너무 꼼꼼하게 셈하면 아이를 낳기에 최적인 시간을 꼭 집어낼 수 없다. 처음부터 아이를 아예 갖지 않기로 결정했다면 모를까 그렇지 않다면 계획표를 조금 헐겁게 짜기를 권한다. 그래야 아이를 낳을 수 있다.

알 아 서 척 척 해 주 는

남 자 없 냐 고 ?

'알아서 척척 해 주는 남자', 모든 여자들의 로망이다.

언제 어디서든 늘 아내의 몸과 마음을 향해 기다란 촉수를 뻗치고 있다가 조그만 움직임도 기민하게 포착, 그때그때 꼭 필요한 처방을 해 줄 줄 아는 남편을 꿈꾼다. 아침에 먼저 일어난 아내가 마른기침이라도 할라치면 아무리 깊은 잠 속에 빠져 있었더라도 로봇처럼 벌떡 일어나 살가운 표정으로 아내의 이마에 손바닥을 대 보고 아직 문도 열지 않은 동네 약국으로 쏜살같이 뛰어나가는 남편, 휴일 점심 밥하기 싫은 아내의 심정을 귀신같이 헤아려 자기가 먼저 오늘 점심은 데이트도 할 겸 나가서 먹자고 말해 주는 남편, 잘나가는 친구와 몇 시간씩 전화 수다를 떨며 깔깔거리더니 전화를 끊자마자 급격히 시무룩 모드로 들어가는 아내에게 당신이 최고라며 애교를 작렬시키는 남편, 결혼기념일이나 아내의 생일 저녁이면 어김없이 커다란 장미 꽃다발을 안겨 주는 남편, 그런 남편 어디 없나요.

하지만 현실 속 내 남편은 어떤 남자인가. 절대로 알아서 척척 해 주지 않는다. 40도의 고열에 아내의 온몸이 불덩이처럼 끓어도, 움직일 때마다 저절로 끙끙 앓는 소리를 내도 힐끗 쳐다보곤 계속 텔레비전에 빠진다. 참다못해 당신은 내가 죽어 나가도 그놈의 야구 중계만 볼 거라고 퍼부으면 아프면 약을 먹든지 병원에 가지 미련스럽게 왜 병을 안고 있냐며 꼬집는다. 말인즉슨 옳다. 돈이 없는 것도 아니고 건강보험이 안 되는 것도 아니니 아프면 약을 사 먹거나 병원을 가야지 왜 애먼 남편만 타박하나. 그러나 아내는 아픈 것보다 서러움이 더 크다. 아내가 아프면 남편도 같이 아프면 어디가 덧나. 누가 저보고 병을 고쳐 달랬나. '아파서 어떡하지' 한 마디면 되는데 그것도 못 하나.

휴일 낮 밥때가 되어도 미적거리는 아내에게 배고파 죽겠다고, 빨리 밥 먹자고 어린애처럼 보채는 남편과 함께 사는 게 아내들의 현실이다. 마누라가 무슨 밥하는 기계냐, 나도 때로는 밥하기 싫을 때가 있는 법이라고 받아치면 돌아오는 대답, 식당 밥이 뭐가 좋냐, 조미료 범벅인데 휴일까지 뭘 하러 그걸 사 먹느냐고 딱하다는 듯한 표정으로 아내를 쳐다본다. 누가 그걸 모르나. 일상에서 벗어나고픈 건 저나 나나 마찬가지인데. 저한텐 집이 쉼터이겠지만 나한텐 일터라는 걸 왜 모른 척할까.

잘나가는 친구와 통화를 하고 나면 반갑기도 하지만 무언가 나만 뒤

처지는 기분이 드는 건 당연한 일 아닌가. 사람은 누구나 가지 않은 길에 대한 아쉬움을 품고 사는 게 아닌가 말이다. 그렇다고 당장 현실을 박차고 뛰쳐나갈 것도 아닌데, 도끼눈을 뜨고 나한테 복이 넘쳐나는 것도 모르고 욕심을 부린다고 쥐어박을 건 또 뭐람. 되지 않는 위로라도 해 주는 게 배우자로서의 예의 아닌가. 왜 이 세상은 아내에게는 남편 기를 살려 줘야 한다고 거듭 닦달하면서 아내는 남편 앞에서 기죽는 모습을 보이면 안 된다고 하는 거야. 아내가 무슨 슈퍼우먼이야? 아내는 종신 돌보미가 아니라고.

많은 아내들이 자신의 생일이 다가오면 한 달 앞서부터 남편한테 날짜를 주지시킨다고 한다. 그렇지 않으면 잊어버릴 게 뻔하기 때문이란다. 그런 게 너무 치사스러워서 입을 꼭 다물고 어떻게 하나 벼르다간 결국 자기만 손해. 연애할 때는 그토록 자상하던 남편이 결혼하면 갑자기 딴 얼굴로 바뀌어 아내 생일 따윈 챙길 생각은커녕 날짜조차 머릿속에서 털어내 버린다. 잡힌 물고기엔 미끼를 주지 않는 게 당연한 걸까. 이튿날 아침 최대한 이빨을 앙다문 채 낮은 소리로 '어제 내 생일이었어'라고 말하면 그제야 왜 말 안 했냐며 설레발을 친다. 말했으면 어떻게 했을 건데? 아내는 절대로 남편 생일을 까먹지 못한다. 미역국을 끓이든 선물을 하든 잊지 않고 탄생을 축하한다. 미우나 고우나 태어나 줘서 고맙다는 인사다. 아내도 그런 인사를 받고 싶다.

그런데 참, 결혼기념일에 대해서는 내가 이해 안 가는 게 하나 있다. 많은 아내들이 남편으로부터 결혼기념일에 작은 꽃다발이라도 선물을 받고 싶어 하는데 난 그게 이상하다. 서로 선물을 주고받는다면 모르겠는데 왜 모두들 그날 선물은 남편이 아내한테 해야 하는 거라고 생각할까. 결혼은 아내가 남편에게 '해 주는' 선물이기 때문일까. 결혼은 일방적으로 남편에게 이익이기 때문에 그날만이라도 남편이 '답례'를 해야 하는 걸까.

아무리 생각해 봐도 결혼기념일엔 서로 동등한 입장에서 축하를 하는 게 맞다. 지나간 날을 돌아보고 돌아올 날을 내다보며 앞으로 좀 더 사랑하면서 좀 더 잘 살자는 다짐을 하는 날이니까. 그러니까 이날은 남편이 알아서 해 주길 바라다가 토라진 채 잠들지 말고 미리미리 약속해서 최대한 즐겁게 보내는 게 어떨까.

이처럼 건설적인 제안을 하는 나는 정작 결혼기념일 날 아이들이 축하한다는 말을 해 주면 '결혼기념일이 무슨 축하할 날이냐, 애도할 날이지'라며 심술궂은 마녀처럼 굴어 왔다. 이제부터는 나라도 알아서 좀 착하게 살아야겠다.

존 재 만 으 로 도

부 담 스 럽 다 고 ?

재작년에 『다시 아이를 키운다면』이란 책을 냈다. 손주들이 자라는 모습을 보면서 내가 아이 키웠던 경험을 떠올리며 젊은 부모들에게 주는 조언을 모은 내용이었다. 사라져 가는 구세대의 초점 빗나간 잔소리쯤으로 여기고 외면받으면 어쩌나 하는 약간의 조바심도 있었지만 다행히도 반응이 좋았다. 덕분에 이리저리 불려 다니며 강연이니 토크쇼 따위를 할 기회가 적지 않았다.

늘 느끼는 거지만 책에서 무얼 건지느냐는 전적으로 독자의 몫이라는 사실을 이번에도 재확인했다. 상당수의 독자들이 육아 노하우가 아닌 시어머니 노하우를 알고 싶어 했다. 그들은 믿기지 않는다는 표정으로 물었다. 며느리들이 정말 그렇게 자주 찾아옵니까? 게다가 아들이 바빠서 못 오는데도 며느리가 혼자서 손주들을 데리고 놀러 온다는 게 사실입니까? 도대체 그 비결이 뭡니까?

이런 질문들을 숱하게 받으면서 난 요즘 젊은 엄마들이 시댁에 대해서 얼마나 껄끄러운 감정을 갖고 있는지 새삼 느낄 수 있었다. 동시에 그들의 시어머니 세대인 우리 또래들이 며느리들에게 느끼는 거리감이 얼마나 큰지도 알 수 있었다. 시어머니 쪽에서 아무리 잘해 주려고 애써도 며느리가 마음을 열고 가까이 다가오지 않는다는 게 우리 세대의 큰 불만이며 고민이다. 그들 역시 우리 집안 이야기가 신기하다 못해 충격적이라는 반응이다. 심지어 어떤 시어머니는 내 이야기가 과장을 넘어 거짓말이라고 단정하기도 한다. 요즘 젊은 며느리들이 그럴리가 없다는 것이다.

도대체 시어머니가 어떻게 해 주길래 며느리들이 시어머니를 껄끄러워하지 않느냐는 질문에 "잘해 주려 하지 말고 그냥 편하게 해 줘"라고 말하면 "아무리 편하게 해 줘도 지가 불편해하는데 어떻게 하냐"고들 입을 모은다. 결론은 "젊은 애들에게 시댁은 존재 자체만으로도 부담스런 존재야, 하긴 우리도 그랬잖아"라는 서글픈 자조로 이어진다. "이러니 요즘에는 우선적으로 딸이 있어야 한다"는 푸념이 덤으로 따르고.

돌이켜 보면 나 역시 오랫동안 시댁이 부담스러웠다. 명절이나 제사, 시어머니 생신 등 의무적으로 찾아뵈어야 하는 경우에만 마지못해 갔다. 아무 날도 아닌데 그냥 놀러간 적은 단 한 번도 없었다. 시댁은 놀러가는 곳이 아니라 일하러 가는 곳이었다. 시댁에 가서도 내가 있을 곳은 늘 부엌이었다. 거실에 앉아 동서들과 수다를 떠는 일은 상상도 못했다. 행사가 끝나면 아이들 데리고 빨리 떠나고 싶은 곳이 시댁이었다.

시어머니 앞에선 항상 쫄았다. 나는 늘 꾸중 듣는 학생이었다. 시어머니는 완벽하고 엄격하셨다. 나는 열심히 살림을 배우려 애썼지만 시어머니 눈에는 대책 없는 학습 부진아였다. 꾸중을 들을 때마다 이렇게 빈틈없는 어머니 밑에서 어떻게 내 남편 같은 구멍투성이 아들이 나왔을까 궁금했다.

두려움의 아이콘 같기만 하던 시어머니가 스스럼없게 느껴지기 시작한 건 그새 시어머니가 더 나이 드신 덕도 있지만 마흔 즈음에 내가 다시 사회로 나간 것이 결정적인 계기였다. 여성학을 공부하면서 나는 시어머니가 나와 다른 별에서 오신 분이 아니라 나와 같은 별에서 평생을 살아오면서 여성으로 산다는 것의 쓴 맛을 톡톡히 보신 분이라는 사실을 새삼 깨달았다. 대단히 총명한 두뇌의 소유자임에도 단지 여자라는 이유만으로 학교도 못 다니고 큰딸이라는 이유로 어렸을 때부터 살림을 도맡아 오신 분이었다. 홀시아버지를 모시면서 시누이들과 시동생을 어머니처럼 거두었다. 무거운 책임감으로 시댁과 친정 두 집안의 짐을 모두 떠맡으신 현모양처의 대명사 같은 분이셨다.

시어머니는 뒤늦게 공부하겠다고 나선 며느리를 처음엔 탐탁지 않아 했으나 이내 무언가 도움을 주고 싶어 하셨다. 그리고 내가 하는 공부의 내용을 아시자 자신의 삶에 대해 스스럼없이 털어놓기 시작하셨다. 나는 어느새 시어머니에게 왕언니와도 같은 친근감을 느꼈다. 이렇게 가까울 수 있는 사이인데 왜 그동안 시어머니를 어렵게만 여겼을까 지난 시절이 안타까웠다.

시어머니가 어려웠던 이유는 단 하나, 시어머니가 원하는 며느리 상으로 만들고 싶어 끊임없이 나를 가르치려고 하셨기 때문이었고 그것이 내게는 듣기 괴로운 잔소리로 들렸기 때문이었다. 무엇보다 어머니가 원하는 여성상, '살림의 달인'은 내겐 도저히 맞지 않는 옷 같은 것이었다. 어울리지도 않고 이룰 수도 없는 목표였다.

난 내가 시어머니가 된다면 절대로 며느리들에게 쓸데없는 기대를 하지 않겠다고 굳게 결심했다. 아니 지레 결심이고 자시고 할 게 없는 것이 난 워낙 자식들도 잔소리를 하지 않고 키웠다. 아무리 봐도 자식들이 나보다 훨씬 나은 인간으로 보이는데 무슨 잔소리를 하랴 싶어서였다. 언젠가 한 아들이 내게 어머니가 원하는 며느리 상은 뭐냐는 싱거운 질문을 하길래 '시어머니 살림 못한다고 앞에서 흉보지 않는 며느리면 족하다'고 대답했다. 뒤에서 흉보는 거야 상관없다고.

우리 며느리들이 내게 편안함을 느낀다면 그건 딱 하나 내가 잔소리를 하지 않는 점이리라고 나름대로 추측할 뿐이다. 대신 잘해 주려고 애쓰는 것도 없다. 내겐 그들이 그저 주어진 여건에서 열심히 살려고 애쓰는 나보다 어린 여성들로 보인다. 애도 잘 키우고 싶고, 자기 일도 갖고 싶어 하는 이 시대의 젊은 여성들로.

우리 세대에 비하면 고부 관계는 엄청나게 변했다. 적어도 내 주위에는 전형적인 시어머니 노릇을 하려는 여성들은 없다고 믿는다. 다만 며느리에게 다가가고 싶으나 방법을 잘 모르는 시어머니들이 있을 뿐이다. 그들은 존재만으로도 부담스럽게 생각하는 며느리들 때문에 오늘도 상처받고 있다.

먼 저 화 해 하 기 엔

자 존 심 상 한 다 고 ?

'결혼은 고된 여정과 같아서 때로는 어렵고 또 때로는 격랑이 일기도' 한다. 따라서 '남편과 아내가 다투는 것은 늘 일어나는 자연스러운 일'이지만 '절대로 화해를 하지 않고 하루를 끝내지 말아야 한다.' 왜냐하면 '화해에는 그저 작은 표현만 있으면 되기 때문'이다.

너무 자주 보고 들어서 진부하게 느껴지기만 하던 이 말이 새삼 가슴을 울리는 까닭은 무엇일까. 다름 아닌 프란치스코 교황의 결혼식 주례사이기 때문이다. 2014년 9월, 바티칸의 성베드로대성당에서 열린 한 결혼식에서 교황은 이렇게 말했다. 그날의 주인공들은 이미 동거중인 부부들로 그중엔 아이를 가진 이들도 있었지만 형편상 결혼식을 올릴 여력이 없었던 사람들이었다.

결혼식도 안 치르고 살다니 예전의 가톨릭 전통으로 보면 이미 죄인으로 치부되었을 테지만, 교황은 따뜻하고 열린 손길로 어린 양들을 보듬었다. 감동적이었다. 아니 그보다 어떻게 경험도 없는 분이 부부 싸움의 속성을 그리도 잘 파악하고 있는지 정말 경탄스러웠다. 절대로 화해를 하지 않고 하루를 끝내지 말아야 한다는 그 기막힌 충고라니.

부부 싸움을 하면 이기든 지든 둘 다 기분이 찜찜하기 마련이다. 그 찜찜한 기분을 씻어 버리지 않은 채 잠자리에 들면 그 다음엔 쉽게 일주일도 넘길 수 있고 때로는 한 달이 넘어가기도 한다. 기분 나쁜 상태도 면역이 되다 보면 그럭저럭 견딜 만하기 때문이다. 그러다가 한쪽에서 먼저 제풀에 지쳐 화해인 것도 같고 화해 아닌 것도 같은 제스처를 쓰게 되고 일상은 흔연히 굴러가지만 앙금은 그대로 가라앉아 차곡차곡 쌓여 가기 십상이다. 그러니 앙금의 두께를 불리지 않으려면 부부 싸움은 그날로 풀어 버려야 한다.

부부 싸움 끝에는 아무리 미워도 절대 각방을 쓰지 말라는 어른들의 말씀도 결국 그날 싸움은 그날 다 풀어 버리라는 뜻이다. 몸이 가까워지면 마음도 저절로 가까워지게 마련이라는 게 오래 묵은 처방이다.

하지만 몸이 가까워진다고 반드시 마음이 가까워지진 않는다. 살다 보면 몸 따로 마음 따로 가는 경우가 얼마나 많은가. 그러므로 억지 합방보다는 '그저 작은 표현으로' 마음의 벽을 무너뜨리는 게 훨씬 효율적인 해결책이다.

그런데 문제는 교황님이 말씀하신 '그저 작은 표현'이 보통 사람들에

슬며시

혈… 그림 진짜 못 그린다…

우리 충이뽀의
진짜 미안행

게는 너무 큰 과제라는 것이다. '미안해'라는 그 간단한 말을 먼저 입에 올리기도 여간 어렵지 않지만 또 그 말을 순순히 받아들이는 것도 보통 어려운 일이 아니다. 자칫했다간 오히려 싸움을 더욱 꼬이게 만들 수도 있다.

되풀이되는 싸움이 지겨워져 '그래 내가 져 주지'라는 마음으로 '미안해'라고 했다간 '마음에 없는 말, 하지도 마' 혹은 '미안하면 다야?'라는 반격을 당할 게 뻔하다. 그야말로 말 한마디를 해도 진정성을 보여 주어야 하는데 그러기엔 그 알량한 자존심이 허락을 하지 않는다. 그저 내 쪽에서 먼저 사과를 했음에도 상대방이 사과를 받아 주지 않았으니 나는 할 만큼 했다고 스스로를 달랠 뿐 화해의 길은 멀고도 멀다.

'알았어, 내가 잘못했어'라는 말이 오히려 불에 기름으로 작용할 때는 또 얼마나 많은가. '알긴 뭘 알아?' '아는 사람이 그런 짓을 해?'라는 힐난을 당하면 '잘못했다는데 웬 꼬투리냐?'로 이어지는 끝없는 말싸움으로 번지기 십상이다.

그러니까 사이가 좋을 때 미리 약속을 해 두면 어떨까. 누구라도 먼저 화해를 위한 '작은 표현'을 할 경우 상대는 무조건 즉시 받아들일 것을. 말투가 건성건성이라든가 당신은 워낙 그런 사람이니 믿을 수 없다는 따위로 상대방의 자존심을 긁어 대거나 억지로 진정성을 강요하지 말 것을. 싸움을 끝내고 싶어 하는 마음만은 순수하게 받아 줄 것을.

그리고 화해의 제스처를 먼저 쓴 사람이 맥주를 쏘기로. 오늘 싸움을 오늘로 끝낸 것에 대하여 자축하기로.

작은 싸움이 늘

큰 싸움으로 번진다고?

남자들은 여자들의 기억력에 깜짝깜짝 놀란다. 결혼한 지 몇십 년이 지난 뒤에도 느닷없이 연애시절 섭섭하게 했던 일들을 들춰내 공격하기 일쑤다. 신혼 초에 술 먹고 늦게 들어온 일이 일주일에 몇 번인지, 아내의 생일을 까먹은 게 몇 번인지, 여행 약속을 지키지 않은 게 몇 번인지 낱낱이 기억한다. 이건 뭐 컴퓨터가 따로 없다.

가까운 과거의 일도 대부분 까맣게 잊고 사는 남편들은 아내들의 가공스런 기억력에 몸서리치게 된다고 하소연하지만 그들이 잘 몰라서 그렇지 여자들이라고 해서 기억력이 좋은 게 썩 유쾌한 일만은 아니다. 남편이 못마땅한 일을 저지를 때마다 자기도 모르는 새 그와 비슷한 일의 역사가 굴비 두름처럼 쫘르르 엮여서 떠오르니 그에 따라 속상함의 정도도 몇 배씩 늘어나기 때문이다.

외출할 때마다 자동차 열쇠며 핸드폰을 찾느라고 땀을 뻘뻘 흘릴 때가 부지기수인데 왜 그따위 기억하고 싶지 않은 것들은 자동적 영구적으로 기억되는 것일까. 남자들이 생각하듯 여자가 호시탐탐 남자가 잘못할 때만을 노리면서 사는 것도 아니고 남자 공격하는 맛으로 사는 것도 아닌데 말이다. 여자도 좋았던 일, 행복했던 일만을 기억하면서 살고 싶은 로맨틱한 인간인데 말이다.

아마도 남자들이 훨씬 자주 책잡힐 일을 저지르기도 하지만 그보단 상대방에 대한 의존도가 여자 쪽이 훨씬 높아서 그런 게 아닐까. 대개의 경우 여자들은 결혼을 하면 자신이나 자신의 일보다 남편에게 더 신경을 쓴다. 세계의 중심축이 이동하는 것이다. 반면 남편은 결혼을 했다고 크게 달라지지 않는다. 오히려 이젠 연애 시기의 그 골치 아픈 밀당을 하지 않아도 된다는 심리적인 안정감 덕분에 자신의 일에 더 집중할 수 있다.

예전처럼 결혼이 인생의 전부라고 생각하는 여자들은 대폭 줄어든 게 사실이지만 그래도 여자가 느끼는 결혼의 무게감은 남자에 비하면 여전히 압도적이다. 좀 심술궂게 표현하자면 결혼식은 여자를 빛내 주는 형식이지만 결혼의 내용은 아직도 남자보다 여자에게 더 불리한 게임이라고 할까.

정말 인정하고 싶지 않은 사실이지만 결혼을 하는 순간 이미 지고 들어가는 게임이기에 여자는 남자가 잘못을 저지를 때마다 무시당하고 있다는 피해 의식에 젖기 쉽다. 피해 의식을 건드리지 않으려면 평

소 남자가 최대한 배려심을 발휘해야 할 뿐만 아니라 여자의 기대를 충족시켜 주어야 하는데 대한민국 남자가 어디 그런가.

결혼 후 마음이 한결 편해진 남자가 무심코 저지르는 소소한 잘못들이 여자에겐 그게 자신을 괴롭히려고 일부러 하는 짓으로만 보인다. 날을 세워 공격도 해 보지만 마음엔 이미 상처가 남는다. 상처가 미처 아물기도 전에 또 상처를 입는 일이 반복되다 보면 아무리 작은 상처라도 말끔히 사라지지 않는다. 그리고 그 상처들은 나도 모르게 내 마음의 치부책에 기록되는 것이다. 모월 모일 몇 시쯤 무슨 일로 나는 상처를 입었다고.

부부 싸움의 기술을 알려 주는 조언에는 늘 '싸움의 이슈를 확대하지 말라'는 말이 나온다. '지금 여기'서 일어난 일만을 중심으로 싸우라는 이야기이다. 옛날 옛적 이야기까지 들추다 보면 결국 '당신은 안 돼'로 끝나기 마련이니까. 이미 결론이 정해진 문제로 싸우는 것보다 소모적인 일도 없잖은가.

그런 걸 뻔히 아는데도 왜 싸움이 시작될라치면 꼭꼭 숨겨 놓았던 그놈의 치부책이 저절로 펼쳐지는지 모르겠다. 옛날 옛적 상대방의 흑역사를 뚜르르 읊다 보면 여자 스스로도 얼마나 한심하게 여겨지는지 남자는 알까. 그 긴 세월 동안 번번이 같은 일을 당하고 살면서도 난 도대체 뭘 했단 말인가. 여자가 거품을 물며 남자를 닦달한다고 해서 여자가 즐거운 게 절대 아니다. 여자도 평화롭게 살고 싶다.

내 마음속의 치부책을 없앨 수만 있다면 나 역시 너무 행복할 것 같다. 하지만 인간은 컴퓨터가 아닌 탓에 아무리 삭제 키를 눌러도 소용 없다. 마음의 치부책은 살아 있는 동안 함께 지니고 가야 할 운명 같은 것일까?

이 끈덕지게 따라붙는 치부책을 깨끗이 없앨 수 없다면 적어도 앞으로 치부책이 펼쳐질 계기라도 안 생겼으면 좋겠다. 그러니 여자들보고 속 좁다고 투덜대지 말고 남자들이여, 앞으로는 좀 잘하고 살자. 늙어서 찬밥 신세 되지 않으려면 젊었을 때부터 가장 가까운 사람한테 공을 들이자.

친구들과 남편 흉보는 게

걸린다고?

아내들을 만나다 보면 열 명 중에 아홉 명은 자신의 결혼 생활에 대해서 불만이 넘친다. 결혼을 왜 했나 후회한다기보다 남편이 하는 짓이 영 마뜩찮아 죽겠다. 젊으면 젊은 대로 나이 들면 나이 든 대로 남편 때문에 속이 부글부글 끓는다.

아내들이 폭풍처럼 쏟아 내는 불만거리는 백만 가지로 서로 다르지만 남편 흉보기의 결론은 똑같다. '나 아니면 도저히 같이 못 살 남자'다. 자식들이 삐쭉거릴 만큼 금슬이 좋았던 나의 어머니도 생전에 '나니까 저런 괴팍한 영감이랑 살았지, 다른 여자 같으면 벌써 보따리 쌌다'고 푸념한 적이 한두 번이 아니었다.

여자들이 친구들 모임에서 남편들을 도마 위에 올려놓고 난도질하듯 씹어 대는 현장을 남편들이 우연히 목격하는 불상사가 벌어진다면 아마 남편들은 적어도 한 달 동안은 분을 삭일 수 없을 거다. 아내들에게 남편들은 하나같이 둔하고, 이기적이고, 게으르고, 냉정한 족속들로 영원히 구제받을 수 없는 존재들이므로.

그러나 혹시 화가 치밀더라도 귀가한 아내에게 '당신, 나를 뭘로 보는 거야?'라고 따지려 들거나 아니면 '그런 수다쟁이 쓰레기들 절대 만나지 마!'라며 윽박지르는 짓은 절대 금물이다. '좀생이'란 칭호나 하나 더 얻어 쓸 게 뻔하니까.

남자들은 여자들이 친구들에게 미주알고주알 남편 이야기를 털어놓는 걸 좀처럼 이해할 수 없는 모양이다. 남편 흉을 봐 봤자 결국 제 얼굴에 침 뱉기인데 그것도 모르고 신나게 떠들어 대니 여자들은 확실히 머리가 좀 모자란 것 같다는 게 남자들의 생각이다.

이런 말을 들을 때마다 난 남자들은 확실히 공감 능력이 떨어지는 존재구나 새삼 확인하게 된다. 그들은 아내가 바깥에서 남편 흉을 실컷 보고 온 날은 오히려 자신에게 한결 너그러워진다는 사실을 눈치도 못 채는 건가.

아내들은 남편에 대한 불만을 속 시원히 털어놓는 것만으로도 그동안 쌓여 왔던 스트레스가 어느 정도 해소되는 기분을 느낀다. 내 남편만 구제 불능인 줄 알았는데 다른 남편들도 대동소이하다는 사실을 확인할 수 있기 때문에 큰 위로를 받는다. 네 남편은 그 정도냐, 우리 남편은 그보다 열 배는 더하다며 친구들과 다투어 자기 남편의 결점을 낱낱이 까발리면서 열을 올리다 보면 어느새 서로서로 공감과 위안을 얻기 십상이다. 속에 담고 있을 땐 도저히 참을 수 없었던 남편의 결점이 함께 나누다 보니 견딜 만한 수준으로 스르르 내려앉는 것이다. 요즘 말로 힐링 효과를 톡톡히 보는 셈이다.

집에 돌아올 때쯤이면 마음의 독기가 거의 빠져나가면서 내가 너무 심하게 남편을 씹었나 싶어 남편 얼굴 보기가 조금 겸연쩍어지기까지 한다. 그래서 평소 안 하던 반찬도 만들고 살갑게 말을 붙이기도 한다.

남자들이 모르는 게 또 있다. 아내가 친구들에게 남편 흉을 마구마구 볼 수 있다는 건 남편에 대한 불만이 다른 사람과 허심탄회하게 수다 떠는 것만으로도 쉽게 다스려질 수 있는 정도로 그렇게 심각하지 않다는 증거다. 부부 사이의 치명적 문제는 수다의 안줏거리로 등장하지 못한다. 폭력이나 외도 같은 심각한 문제로 고통받는 여자들은 대개 홀로 끙끙 앓거나 다른 형식으로 폭발한다.

그런데 오랫동안 궁금한 게 하나 있다. 남자들은 결혼에 회의를 느끼거나 아내가 못마땅할 때 누구하고 수다를 떨어서 풀어낼까. 주위 남자들을 아무리 살펴봐도 남자들은 가장 가깝다고 하는 친구들하고도 결혼 생활에 대한 고민을 털어놓지 않는 것 같다. 심지어 몇십 년 동안 한 달에 한 번씩 정기적으로 만나던 친구가 오래전에 이혼했다는 사실을 친구가 죽을 때까지 모르는 경우도 있다.

남자가 구질구질한 가정사를 털어놓으면 쪽이 팔려서 그런가. 털어놓아 봤자 아무 소용이 없다고 생각해서 그런가. 그게 사나이들의 우정인가. 요즘 젊은 남자들은 어떤지 모르겠지만 아무튼 난 우리 시대의 남자로 태어나지 않은 게 너무 다행이다.

결혼에 대한 온갖 생각들을 시시콜콜히 끄집어내어 펼쳐 놓다 보니 문득 이렇게 불만투성이 아내와 결혼한 남자, 내 남편은 과연 자신의 결혼에 대해서 어떻게 생각하는지 궁금했다. 흔히 '대부분의 아내는 자기 결혼 생활이 문제투성이라고 생각하는 반면 대부분의 남편은 결혼 생활에 아무 문제가 없다고 생각한다'고들 하는데 그는 어떨까.

평소의 태도로 미루어 보건대 말로 물어보면 늘 그렇듯 '허허' 하고 넘길 게 뻔하기에 이번엔 작심하고 종이에 몇 가지 질문을 적었다.

1. 왜 결혼했나.

2. 왜 지금 아내와 결혼했나.

3. 결혼을 후회한 적은? 있다면 언제?

4. 이혼을 생각한 적은?

5. 결혼해서 좋았던 점은?

6. 다시 태어난다면 결혼할 건가? 누구랑?

7. 젊은이에게 결혼에 대해서 해 주고 싶은 말

8. 나홀로족에 대한 생각은?

9. 이상적인 결혼은?

내 생각은 책 한 권으로도 모자라지만 당신은 간단하고 솔직하게 말하면 된다고 마누라 돕는 셈 치고 답변을 써 달라고 했더니 남편은 안

하겠다고 손사래를 쳐 댔다. 그러면서 내 귓속을 파고드는 말 한 마디!

"왜 곤란한 것만 물어?"

아, 대답하기에 곤란한 질문이었구나. 결혼에 대해서 아무 생각이 없는 줄 알았더니 그게 아니었구나. 그렇다면 진실은?

chapter 4

결혼에도 정년이 있다면

"왜 길어진 인생을 한 남자와 죽을 때까지 살아야 하는 거야? 국회에서
결혼 정년제를 만들어야 해."

만약 누구의 눈치도 살필 필요 없이 그야말로 깔끔하게 인생을 재설계
할 수 있는 기회가 법으로 보장되는 정년제가 있다면 우리네 결혼이 좀
더 알차고 뜨겁고 재미있게 지속될 수 있지 않을까.

결혼 정년제를 허하라

"왜 이 길어진 인생을 한 남자와 죽을 때까지 살아야 하는 거야? 너무 지루하고 재미없잖아. 국회에서 결혼 정년제를 만들어야 해. 부부는 최장 이십 년까지만 함께 살아야 한다는 법을 제정해야 해. 이십 년이 너무 길긴 하지만 그래도 단번에 십 년, 오 년으로 깎으면 결사적으로 반대하는 층들이 많을 테니까 충격을 완화하는 의미에서 처음엔 이십 년이라고 정하는 게 좋아. 그 다음에 단계적으로 축소해 나가고."

약간은 취기가 오른 한 여성이 어떤 여행 모임에서 이렇게 파격적인 제안을 하자 여성들의 박수와 환호로 분위기가 후끈 달아올랐다. 결혼을 꺼린다고 저출산의 주범으로 억울하게 지탄받는 중인 2, 30대 여성으로부터 제기된 의제가 아니다. 결혼 사십 년차이며 멋진 결혼 생활을 하는 걸로 소문이 자자한 한 60대 워킹 우먼이 술을 빌미로 터뜨린 제안이다.

그러자 젊은 여성들이 반색을 하며 의제를 더 구체화시켜 갔다. 누구나 결혼한 지 이십 년이 되면 별도의 이혼 절차 없이 종전 결혼의 시효는 자동 소멸되도록 한다. 어느 한쪽이라도 재결합을 원하지 않을 때는 다른 쪽에서 이의를 제기할 수 없다. 양쪽에서 합의하는 한에서만 결혼을 지속시킬 수 있다. 재산은 무조건 반으로 나눈다. 아이들은 언제건 그들이 원하는 부모와 함께 살 수 있다 등등.

마치 오래전부터 치밀하게 계획한 것처럼 거침없이 의견을 쏟아 내는 여성들의 모습도 참신하고 재미있었지만 그보다 더 재미있었던 건 거기 모인 남성들의 얼굴에 나타난 쓰디쓴 표정들이었다. 워낙 보수적인 남성이야 말할 것도 없고 평소 여성들과 격의 없이 대화를 나누던 남성도 결혼 정년제라는 발상이 영 껄끄러운 모양이었다.

이상한 일이다. 통상적으로 외도를 하는 비율은 남성이 압도적으로 많은데 왜 결혼 정년제라는 단어에 경기를 일으키는지 모르겠다. 어쩌면 그날 여성들은 그 제안을 농담 반, 진담 반으로 받아들이고 잠깐이나마 맘껏 즐긴 반면 남성들은 뜻밖에 뒤통수를 세게 얻어맞은 기분이었을까. 또는 이십 년 후에도 자신은 지금 아내와 살고 싶을 게 뻔한데 자신은 남편으로 재선택될 가능성이 전무하리라는 예감에 모골이 송연해졌기 때문이었을까.

나이 든 부부에게 다시 태어나도 지금 배우자와 결혼하고 싶으냐는 질문에 '그렇다'고 대답하는 비율이 남성의 70퍼센트, 여성의 30퍼센트로 나타난다는 조사 결과에 놀라는 이는 아무도 없다. 오히려 여성이

30퍼센트나 되느냐고 놀라는 여성들은 있지만.

이런 통계에 비하면 실제의 이혼율은 낮은 편이다. 아무리 이혼에 대한 편견이나 경제적 불이익이 줄어들긴 했지만 그래도 이혼은 여러 가지로 부담스러운 게 현실이다. 그런 면에서 비록 현실성은 작더라도 결혼 정년제는 여성에게 환영받을 만한 아이디어다. 조그만 잡음도 없이, 누구의 눈치도 살필 필요 없이 그야말로 깔끔하게 인생을 재설계할 수 있는 기회가 법으로 보장되니 이보다 좋을 수 없다.

그리고 혹시 아는가. 정년제가 있다면 우리네 결혼이 좀 더 알차고 뜨겁고 재미있게 지속될 수 있지 않을까. 한 번 둘러보라. 철밥통이 보장된 직장에서는 신명을 다 바쳐 일하는 직원을 만나기가 얼마나 어려운가.

결혼 정년제라는 깜찍한 화두는 그날 그곳에서 끝났다. 그런데 사람들 생각은 다 비슷한가 보다. 얼마 전 인터넷을 검색하던 중 기발한 제목의 기사가 내 눈을 끌었다. 멕시코의 좌파 정당이 '결혼을 이 년제로 바꾸자'는 안을 내놓았다는 것이다.

이 제안에 따르면 결혼은 갱신제로 바뀌어야 한다. 결혼한 커플은 최소 이 년간은 의무적으로 함께 살아야 하지만 이 년이 지나면 합의에 따라 최저 이 년 단위로 결혼 관계가 갱신된다. 한 쪽 배우자가 결혼 관계를 지속하길 원하지 않는다면 관계는 저절로 해지된다는 것이다. 정당관계자의 말에 따르면 '결혼 이 년 뒤 부부 생활이 원만하지 않을 경우 자동으로 남남이 되면 복잡하게 이혼을 하지 않아도 된다'는 것이다.

최근 오십 퍼센트에 달하는 멕시코의 이혼율을 낮추기 힘들다면 이혼에 따른 사회적 비용을 줄이는 게 이득이라고 본 것이다. 물론 가톨릭을 비롯한 보수 측에서 '비윤리적이고 무책임한 자극적 주장'이라며 강력히 반발하고 있다고 기사는 전하고 있다.

'이 년이라, 너무 짧지 않나?'

결혼 정년제라는 말에는 이미 면역이 된 상태였던 나는 멕시코 좌파 정당이 제안했다는 기간이 너무 짧아서 오히려 진정성이 떨어지는 것 같았다. 우리나라에서도 이 년쯤 동거하다가 헤어지거나 혹은 결혼 신고를 일부러 이 년 늦추는 커플들은 이미 흔해 빠졌다. 아무도 그들을 이혼했다고 보지도 않는다.

아무튼 준비 없이 맞게 된 장수 시대엔 '백년해로'라는 말도 예전처럼 축복받은 단어로만은 들리지 않는다.

솔로의 자격

가지 않은 길을 돌아보느라고 목이 뻐근할 때가 얼마나 많았던가. 만약 결혼을 하지 않았더라면 내 인생이 훨씬 잘 풀렸을지 모른다는 회한에 남편의 뒤통수를 째려 본 적은 얼마나 많았으며 스스로의 어리석음을 탓한 것은 또 얼마였던가. 하지만 그것도 잠시, 이내 정신이 돌아온다. 아직까지 나 자신을 다 안다고 자신할 수는 없지만, 그래도 한 가지만은 확신할 수 있기 때문이다. 아무리 후회해 봐도 나는 결혼 안 하고 살 능력이 못 되는 여자라는 걸.

철없을 땐 결혼을 안 한 여자는 없다고 철석같이 믿었다. 그들은 결혼을 못했을 뿐이라고 내 맘대로 단정 지었다. 따라서 간혹 결혼할 나이(내 맘대로 정해 놓은)가 지난 것 같은데 아직도 결혼을 하지 않은 여자를 보면 그가 어떤 직업을 가졌건, 어떤 인품을 지녔건 일단 안됐다는 생각부터 들었다. 그리곤 혼자 속으로 이 사람이 암만 멋있어 보여도

실은 어딘가 흠이 있는 사람이라고, 따라서 나보다 불행한 사람이라고 넘겨짚곤 했다. 혹시 상대방이 내 결혼 생활에 대해서 입에 발린 부러움이라도 표할라치면 옳지 이때다 싶어 대단한 인생 선배라도 되는 양 훈수를 두려 들었다. 혼자 사는 것도 좋겠지만 인생의 깊이를 알고, 인격이 좀 더 성숙해지기 위해서 어쨌든 결혼은 꼭 해 봐야 하는 절차라고 대놓고 가르치려 들었다. 정말 가소로운 짓이었다. 아마도 결혼 생활의 쓴맛을 인정하기 싫어 멀쩡한 남의 인생을 하자 있는 인생으로 몰아 스스로를 위로하고 싶었던 모양이었다.

그러나 때로는 나이도 철드는 데 도움이 되는지, 마흔이 넘으면서부터는 비혼 여성에 대한 편견이 슬슬 깨지기 시작하더니 얼마 지나지 않아 그들에게 부러움을 넘어 존경의 염까지 품게 되었다. 아무리 봐도 내가 살아가는 꼴이 흡족치 않았던 데다 곳곳에서 마주치는 비혼 여성들이 거의 다 똑소리 날 만큼 빈틈없이 삶을 꾸려 나가는 걸 보았기 때문이었다.

멋지게 사는 비혼 여성들을 자주 만나다 보니 나란 여자의 정체가 보이기 시작했다. 한 마디로 난 결혼을 안 할 수 있는 능력이 아예 결여된 여자라는 걸 깨닫게 된 것이다. 나는 비혼 여성보다 잘나서 결혼을 한 게 아니라 그들보다 못나서 결혼을 했다는 게 맞는 말이었다. 더 정직하게 표현하자면 그나마 젊은 나이에 얼렁뚱땅 결혼이라도 했기에 오늘 이만만이라도 잘난 척하며 살아올 수 있었던 거다. 씁쓸하지만 이게 진실이었다.

내가 만난 비혼 여성들은 여러 면에서 나보다 훨씬 능력 있는 사람들이었다. 무엇보다 그들은 성실하고 유능한 프로들이다. 예전에는 일에 몰두한 비혼 여성들을 보면, '그래 그 나이에 결혼도 못 했으니 다른 데라도 마음을 쏟아야지'라며 주제넘게도 그들을 측은해했다.

그러나 알고 보니 그들은 세상이 만들어 놓은 여자의 인생은 결혼으로 완성된다는 고정관념을 일찌감치 걷어차 버린 용기 있는 여성들이었다. 평생 자기만의 일을 찾아서 일을 손에서 놓지 않고 일을 통해 성취감을 얻고 동시에 경제적 자립까지 얻겠다는 탄탄한 인생 계획서를 작성한 여성들이다. 스스로 똑똑하다고 자부해 왔던 나는 과연 나만의 인생 계획서를 따라 살겠다는 다짐을 단 한 번이라도 했던가. 그보다는 세상이 그려 놓은 틀에서 벗어날까 봐 두려워하며 살았다. 그러다 나이 마흔이 되어서야 겨우 '내 인생은 내 거'라는 걸 깨닫기 시작했으니 늦돼도 이렇게 늦될 수가 없다.

그들은 대부분 돈 관리에도 빈틈이 없는 것 같다. 물론 비혼 여성이 다 경제적으로 탄탄한 것도 아니고 오히려 가난하게 살다가 쓸쓸하게 세상을 뜨는 여성 독거노인들이 점점 많아지는 게 우리네 현실이지만 내가 아는 비혼 여성들은 죽을 때까지 품위를 지킬 수 있을 만큼의 자금을 확보하기 위해서 젊어서부터 치밀하게 계획한 사람들이다. 사람 일은 모르는 법이고 또 어느 날 갑자기 전 재산을 잃을 천재지변이 생기면 어쩔 수 없겠지만 적어도 노후를 곤궁하게 보내진 않을 것이다.

그들을 볼 때마다 감탄스러운 점은 자신의 몸을 관리하는 데도 게을

리하지 않는다는 사실이다. 그들은 말한다. 혼자 살면서 가장 서글플 때가 몸이 아플 때라고, 열이 펄펄 끓어올라 꼼짝을 못할 때는 아무도 모르게 죽는 게 아닐까 불안하다고 한다. 그래서 평소 아프지 않기 위해 자신의 몸을 보물단지처럼 모신다. 과로를 피하고, 좋은 음식을 챙겨 먹고, 헬스클럽을 다니거나 등산을 하면서 몸을 가꾼다. 그에 반해 결혼한 여성들은 다른 식구들의 건강을 챙기느라고 자신의 몸에 신경을 쓸 겨를이 없는 경우가 대부분이다.

그들은 또 끊임없이 자기계발에 몰두한다. 하나같이 바쁘고 활기가 넘친다. 틈만 나면 새로운 것을 배우러 다닌다. 새벽에는 영어회화, 저녁에는 사진을 배우는 식이다. 혼자 있는 무료함을 달래기 위해서라는 것도 하나의 이유이겠지만 그보다는 세상에 대한 호기심을 잃지 않았다는 게 더 맞을 것 같다. 그 때문인지 그들에게선 기혼 여성들에게서는 찾기 힘든 신선한 긴장감 같은 기운이 느껴진다.

아, 그리고 그들은 교우 관계도 좋다. 물론 태생적으로 고독을 즐기는 사람도 있겠지만 내가 만난 비혼 여성들은 대부분 사교적이다. 관심의 폭이 넓다 보니 사귀는 사람들의 범위도 넓다. 각양각색의 동호회에 가입하여 새로운 관계를 맺는 데 적극적인 비혼 여성들의 모습은 언제 봐도 보기 좋다.

그들의 특성을 들춰내다 보니 잠깐 사이인데도 줄줄이 사탕처럼 끝없이 이어 나온다. 아이고, 이러니 나 같은 여자가 어떻게 감히 혼자 살 수 있었겠냐고. 꿈도 야무지지.

만혼이 좋아

스물다섯을 넘기면 큰일 나는 줄 알았었다. 스물다섯에는 결혼해서 둘이건 셋이건 적어도 서른 이전에는 아이 낳는 걸 끝내야 되는 줄 알았다. 산모 나이 서른만 넘어도 노산이라고 걱정했고 엄마가 늙어서 낳은 아이들은 건강하지 못할 확률이 높을 거라고 지레 겁을 먹었다. 옛날 옛적 나 결혼할 적 이야기다.

요즘은 서른 넘어 첫아이를 낳는 여성들이 대세이며 마흔이 훌쩍 넘어 초산하는 경우도 드물지 않다. 주위에도 마흔 즈음에 결혼해서 마흔 중반에 아이를 낳아 키우는 여성들이 여럿 있다. 그들이 여유롭고 활기 있게 아이를 키우는 모습을 보고 있노라면 이 사회가 얼마나 공연한 걱정들로 젊은 여성들을 불안하게 만드는지 미안하고 머쓱하다.

나이가 들면 짝을 찾을 기회가 점점 줄어든다는 점만 빼면 이른바 만혼은 남성에게보다 여성에게 이로운 점이 꽤 많은 것 같다. 무엇보다 사회생활을 십 년 이상 하다 보면 세상 이치를 어느 정도 파악하게 되고 인격적으로도 성숙해져 사람 보는 눈도 달라진다. 이런저런 사람들과 마주치고 적지 않은 남자들과 부딪치는 경험을 통해 인생의 짝을 선택한다면 어렸을 때처럼 순간적인 열정에 휘둘리거나 아니면 얄팍한 계산에 스스로 속아 넘어가지 않을 내공을 쌓을 수 있기 때문이다.

또 사회생활의 경험을 통하여 일찌감치 남성에 대한 환상을 지울 수밖에 없기 때문에 결혼 후 남편에 대해 과도한 기대를 하지 않게 된다. 따라서 남편이 웬만큼 어리석은 짓을 저질러도 쉽게 실망하지 않게 되거니와 남편 역시 뭔가 있어 보여야 한다는 쓸데없는 부담감으로부터 벗어날 수 있다. 따라서 쓸데없는 자존심 겨루기나 오해로 인한 부부 싸움이 대폭 줄어들 것이다.

뿐만 아니라 아내 역시 일터에서 쓴맛 단맛을 골고루 맛본 터라 직장에서 부대끼는 남편의 고충을 충분히 이해하고 공감할 수 있어서 남편이 의기소침할 때 그에 맞는 심리적 지지를 보낼 수 있다. 언제 어디서나 남편과 아내가 좋은 대화 상대가 될 수 있다는 건 결혼 생활에서 가장 큰 축복이다.

마흔 넘어 아이를 낳을 경우도 사람들이 우려하는 만큼 크게 위험한 것은 아니다. 일반적으로 가장 큰 우려는 아이가 건강하게 태어날 것인가 하는 것과 아이가 성인이 될 때까지 엄마가 건강하게 살아 있을 것인가 하는 문제인데 이는 한마디로 시대착오적인 걱정들이다. 평균 수명 60세 이전 시대에나 해당하는 걱정들이다.

우선 의사들은 늘 노산에 따른 위험을 경고하는데 내가 생각하기엔 단순히 산모의 나이보다 산모의 건강 상태가 아기의 건강을 좌우하는 게 아닌가 싶다. 마흔 넘어 결혼한 한 후배는 서른 넘어서부터 정기적으로 산부인과를 다니며 건강을 체크해 왔다. 언제 결혼할지 모르지만 건강한 아이를 건강한 몸으로 낳겠다는 의지가 산부인과 출입에 대한 비혼 여성의 거부감을 누른 덕분이다. 실제로 그 후배는 마흔셋에 결혼해 마흔넷에 건강한 딸을 자연분만으로 얻을 수 있었다.

　예전에는 늦게 아이를 낳으면 아이가 성인이 되기 전에 부모가 죽을지 모른다는 걱정이 컸지만 지금은 마흔넷에 낳은 아이가 서른 살이 된다 해도 엄마가 죽을 확률은 매우 작다. 여성의 평균수명이 이미 여든을 넘어섰고 앞으로 해마다 늘어날 게 분명하기 때문이다. 우리 사회도 이미 법적인 노인 연령을 70세로 할까, 75세로 할까 논의하고 있지 않은가. 그러니 옛날처럼 마흔둥이 쉰둥이를 키우면서 '내 나이 환갑에 애가 몇 살이지' 하고 한숨을 쉴 필요가 전혀 없다.

　오히려 늦게 아이를 낳으면 최소한 두 가지 장점이 있다고 경험자들은 입을 모은다. 무엇보다 젊은 엄마들보다 훨씬 느긋하게 아이를 키울 수 있다는 점을 꼽는다. 둘 다 초보 엄마라는 점에서 미숙하긴 마찬가지이지만 아이를 잘 키워야 한다는 조급증이나 불안감은 훨씬 덜하다고 한다. 늦은 나이에 얻은 아이라 자신에게 와 준 것만으로도, 그리고 건강하게 자라 주는 것만으로도 고마워서 젊은 엄마들보다 아이를 남보다 더 뛰어난 아이로 만들고 싶은 욕심이 크지 않은 덕분이다.

또한 늦게 아이를 낳으면 몸은 고단하지만 마음은 또래들보다 더 젊게 살 수 있다는 것도 좋은 점이다. 어린이집이나 유치원, 학교에서 만나게 되는 아이의 친구 엄마들이 대부분 연하이기 때문에 그들과 자주 어울리다 보면 자연스레 젊어지는 것 같다고 한다.

요즘 모두가 안티에이징, 안티에이징 하는데 젊어지고 싶으면 늦둥이를 낳아 보는 것도 괜찮을 것 같네.

돈 은 꼭 남 자 가

벌 어 야 하 나 ?

돈 때문에 결혼 못하고 돈 때문에 싸우고 돈 때문에 결혼이 깨진다. 사랑은 밥을 못 먹여 주지만 돈은 밥을 먹여 준다. 그렇다면 결혼에는 사랑보다 돈이 더 중요한 걸까. 예스라는 대답이 압도적이겠지만 실제론 반드시 그렇지는 않다는 게 인생의 묘미다.

아직까지도 결혼 결심을 하기 전 '조건이냐, 사랑이냐'는 식의 고민으로 괴로워하는 이들이 많다. 먹고살기 힘들었던 우리 젊은 날에야 당연히 '사랑이 밥 먹여 주냐'는 말이 절절하게 다가왔지만 절대 빈곤이 사라진 이 시대에도 밥 못 먹을까 걱정해서 사랑하는 사람과 헤어질 작정을 하는 젊은이들이 많다니 마음이 착잡해진다.

혹자는 오히려 예전에는 가난해도 노력만 하면 잘 살 수 있다는 믿음이 있던 시대였기 때문에 무조건 사랑을 좇을 수도 있었지만 지금은 미래가 너무 불확실하기 때문에 조건이 우선이라고 변명한다. 심지어 현재 잘나가는 남자라도 나중에 어떻게 될지 모르기 때문에 당사자의 스펙보다 그 부모의 재산을 더 따지기도 한다는 것이다.

또 한편에서는 이 남녀평등의 시대에도 남자는 외모를, 여자는 경제력을 영순위에 두는 것은 아직도 여성의 경제활동이 다방면에서 제약을 받고 있다는 방증이므로 그것은 사회적 문제이지 개인적 의존성 문제가 아니라고 주장한다. 도대체 모든 게 다 사회구조 탓이라면 개인은 무슨 맛으로 살아야 하는지 궁금하다.

아무튼 가끔 조건이 먼저냐, 사랑이 먼저냐는 해묵은 질문을 받을 때마다 나는 곤혹스럽다. 그것은 양자택일의 문제가 아니라는 생각 때문이다. 냉정하게 말하면 진정으로 사랑하는데 밥 먹을 일이 걱정이라면 왜 꼭 남자 손으로 밥을 먹여 주길 바라는지 이해가 안 간다.

똑같이 교육받아도 여자들은 밥값을 벌 능력이 없다는 말인가, 아니면 아직도 여자들이 나대면 남자 체면을 깎는다는 말인가, 아니면 '똑똑한 애가 시집을 잘 못 갔다'는 뒷담화가 듣기 싫다는 말인가.

이미 여성 상위 시대로 들어서 남자들 위상이 추락일로라고 엄살을 떨어 대는 요즈음에도 가계경제는 남자가 전적으로 책임져야 한다는 생각은 요지부동인 것 같다. 이른바 슈퍼걸이나 골드미스들이 결혼 시장에서 짝을 찾기 어려운 이유도 여기 있다. 여자들은 자신과 비슷하거나 우월한 능력을 가진 남자를 원하지만 그런 남자들은 골드미스를 부담스러워한다. 혼자서도 얼마든지 가계를 책임질 수 있기 때문에 자

신이 여러 모로 지배력을 행사할 수 있는 여자를 선호한다.

대학에서 여성학 강의를 할 때였다. 한 남학생이 민원을 제기했다. 선생님 강의를 듣고 여자 친구에게 '너도 평생 너의 일을 가져라'라고 했다가 '등처가'라는 욕을 먹고 절교를 선언 당했다는 것이다.

나는 우리나라가 진정한 양성평등 국가로 가는 길이 한참 멀었다고 생각한다. 남녀가 일을 하는 동기가 같아지고, 데이트 비용과 결혼 비용을 공평하게 부담할 때, 그리고 가사와 육아 분담을 동등하게 맡을 때까지는.

결혼보다 일을 앞세우는 여성의 수가 그토록 늘어나고 있음에도 불구하고 취업 동기를 묻는 질문에 아직도 남자는 '경제적 동기'를, 여자는 '자아실현의 동기'를 일순위로 꼽는다니 이처럼 불평등할 수 있는가 말이다. 한마디로, 왜 남자가 꼭 여자를 먹여 살려야 제대로 된 부부 관계라고 규정하느냐는 거다. 언제까지 남편은 밥값을 벌고, 아내는 반찬값을 버는 것이 순리라고 생각해야 하는지 답답하다. 눈부시게 성장하고 있는 우리 여성들의 능력을 고려해 보면 오래전 통용되던 남녀 간 역할의 고정관념에서 이젠 벗어날 때도 되지 않았는가.

생계 부양에 대한 이런 통념이 남녀의 짝 선택을 어렵게 만드는 가장 큰 걸림돌이다. 또 단지 돈 자체보다 이 통념이 부부 관계의 갈등을 훨씬 더 부추긴다. 돈이 부족해서 싸우는 게 아니라 왜 남자가 돈을 많이 못 버느냐고 싸우는 것이다.

살다 보면 때로는 어느 집이든 크고 작은 경제적 위기를 겪을 수 있다. 대기업에 다닌다 해도 예전처럼 평생직장이 보장되지 않는 시대라 이른 나이에 예기치 못한 실직을 당할 수도 있다. 실직한 남자들은 대개 실직 사실을 아내에게 숨긴다고 한다. 혼자 끙끙 가슴앓이를 하며 마치 아무 일 없다는 듯이 아침마다 출근하는 차림으로 나온다는 것이다. IMF 사태 당시 매스컴에서 빈번하게 전하던 이런 남자들의 좌절감과 고통에 대한 뉴스를 접했을 때 솔직히 난 부부 관계라는 게 뭔가 의문이 들었다.

왜 남편만 고통을 끌어안아야 하는지, 왜 남편만 좌절감에 허덕여야 하는지 이건 너무 불공평한 게 아닌가 싶었다. 또 나중에 아내들이 생계를 위해 대거 취업 전선에 뛰어들었을 때도 마치 해서는 안 될 일이라도 하는 것처럼 동정 어린 시각으로 보도하는 자세도 마음에 들지 않았다. 남편이 경제적 능력을 잃었을 땐 아내가 바통 터치를 하는 게 당연하지 그게 왜 그토록 비참한 일이냐 말이다. 누가 일하든 가정의 위기를 함께 극복하는 것이 당면 과제가 아닌가.

아내의 입장에서 보면 이제까지 자신 안에 숨어 있던 새로운 능력을 펼칠 수 있는 좋은 기회가 될 수도 있는데.

이혼에 임하는 자세

서로 잘 맞는 줄 알았는데 결혼하고 보니 영 안 맞아 하루하루가 괴로워도 일단 결혼했으니 죽을 때까지 서로 맞춰 가며 살아야 한다고 다독이던 시대는 지났다. 한쪽에서 먼저 결혼서약을 깼더라도 참고 기다리면 결국 뉘우치고 돌아오게 마련이라며 이혼을 말리던 일도 이젠 옛말이 됐다.

상대가 아무리 미워도 자식의 앞날을 위해선 참고 살아야 하는 것이 부모의 도리라고 주장하는 이들도 급속도로 줄어들었다. 이제는 아무도 이혼한 사람들에게 비윤리적이라느니 무책임하다느니 섣불리 비난하지 않는다. 결혼처럼 이혼도 개인의 선택이며 인생의 한 과정일 뿐이라고들 생각하게끔 세상이 바뀌었다. 황혼 이혼이 전체 이혼의 4분의 1에 달할 정도로 이십 년 이상 함께 산 부부들도 이혼에 대한 두려움이 없어졌다. 놀라운 변화다. 우리 사회는 밖에서 볼 때뿐만이 아니라 그 속에서 반세기 이상을 산 사람들도 현기증을 느낄 만큼 뭐든지 빠르게 변한다.

그런데, 안타깝다. 네 쌍 중에 한 쌍이 이혼할 정도로 이혼이 흔해졌는데 그 누구 사연을 들어 봐도 순조롭고 평화롭게 이루어지는 경우가 드물다. 도저히 그럴 것 같지 않은 사람들도 이혼하는 과정에서는 막장 드라마를 연출하기 일쑤다.

이혼에 이르게 된 사유야 어떻든 한때는 모든 것을 바쳐 열렬히 사랑했던 사람들인데 막판에 남는 건 증오뿐인 것 같다. 다들 상대편을 최소한의 기본도 지키지 않는 악녀, 악한으로 몰아간다. 나는 좋은 편, 상대는 나쁜 편으로 딱 가른다.

따져 보면 결혼이 파탄에 이르게 된 결정적 이유는 상대가 유난히 나쁜 사람이어서가 아니라 상대가 나와 워낙 맞지 않는 사람이기 때문일 때가 대부분이다. 처음부터 상대가 의도적으로 나를 속일 경우도 물론 있겠지만 그보다는 나 스스로 상대에게 속아서 결혼하는 경우가 더 많다. 그러므로 상대를 나쁜 사람으로 몰아붙이는 것보다 나 자신의 잘못된 선택을 반성하는 쪽이 다음 인생을 위해서 훨씬 현명한 자세가 아닐까.

이혼 과정에서 가장 첨예한 갈등을 일으키는 부분은 돈 문제라고 한다. 그 전까지는 그런대로 차분하게 이뤄지던 합의 과정이 돈 문제에 닥치면 서로 민낯을 드러낸다고 한다. 물론 재산을 거머쥔 쪽—대부분 남편—에서 한 푼이라도 덜 빼앗기려고 꼼수를 부리는 데서 진흙탕 싸움이 벌어진다.

나는 해방 이후 여성의 권리를 향상시키기 위해서 여성들이 꾸준히 힘을 모아 왔던 가족법개정운동에서 호주제폐지에 버금가는 의미 있는 성과가 이혼시재산분할청구권 조항을 법에 명시한 것에 있다고 본다. '결혼 후 형성된 재산에 관해서는 기여한 만큼 분할 청구할 수 있다'는 이 당연한 권리를 얻을 때까지 얼마나 많은 여성들이 경제적 독립이 어려워 불행한 결혼 생활을 참아야 했던가.

당시 많은 남성 국회의원들이 만약 이 조항이 신설되면 이혼율이 치솟아 가족해체 현상이 가팔라질 거라며 극구 반대했다. 그들 스스로 그때까지 우리 사회의 이혼율이 그리 높지 않았던 원인은 한국 여성들이 전통적으로 부덕이 높아 가정을 지킨 것이 아니라 이혼하면 곧장 빈곤의 나락으로 떨어질 수밖에 없기 때문에 어쩔 수 없이 참고 살아가고 있는 현실을 인정한 셈이었다.

이 법이 생김으로써 이제까지 '노는 사람'으로 취급됐던 주부의 노동력이 경제적으로 인정받게 되었고 전업주부로 살다 이혼을 하더라도 당장 생계의 위협에 맞닥뜨리지 않을 수 있게 된 것이다.

그러나 어떤 남편들은 미리 재산을 빼돌리는 식으로 아내의 몫을 가로채기도 하고, 마땅히 주어야 할 양육비를 피하기 위해 갖은 잔머리를 굴리기도 하는 게 현실이다. 아이들에게 상처를 주지 않기 위해 원만한 타협을 원했던 아내도 결국 자기 몫의 권리를 찾기 위해서는 투사로 변신할 수밖에 없다.

조용하게 진행되는 것 같던 유명인 부부의 이혼 과정이 시끌벅적한 가십거리로 오르내리는 계기도 대개는 돈에 얽힌 치사한 다툼 때문이다. 법이 정한 양육비를 주지 않고 시치미 떼는 남편들이 적지 않은 현실도 기가 막힌다. 헤어지면 아내는 남이지만 아이는 여전히 내 자식이라는 사실은 변하지 않는다. 아버지로서의 의무를 버린 사람이 어떻게 새로운 인생을 제대로 살아갈 수 있는가.

이혼이 늘어나는 시대, 헤어지더라도 예의는 지켰으면 좋겠다.

'울산 계모'는 왜?

나이 든 세대들 사이에서 유행하는 '오랜만에 만난 친구들에게 묻지 말아야 할 것들'이란 유머 아닌 유머가 있다. 자녀가 어느 대학에 입학했는지 묻지 말 것, 자녀가 어디 취직했는지 묻지 말 것, 자녀가 결혼했는지 아닌지 묻지 말 것 등이다. 오랜만에 만나 반가운 김에 이런 것들을 물어보는 게 예전에는 당연한 안부 인사였지만 요즘에는 상대방이 감추고 싶은 상처를 건드릴지도 모르는 '뜨거운 감자'라고 한다.

최근엔 이 세 가지 금기에 한 가지가 더 늘어났다. 몇 년 전에 결혼한 자녀가 잘 살고 있는지, 아이는 몇이나 낳았는지 등의 안부를 물으면 절대 안 된다고 한다. 묻는 사람 측에서야 아직도 화려했던 결혼식과 빛나던 신랑 신부의 모습을 기억하기 때문에 으레 알콩달콩 깨를 볶겠지 상상하며 그저 인사치레로 묻는 것일 뿐이지만 자칫했다간 친구의 눈물 바람을 일으킬 수 있단다.

내게도 비슷한 경험이 있다. 한 친구의 딸 결혼식에 참석한 적이 있었다. 딸도 사회에서 여러 번 만난 적이 있었던 데다 마침 신랑도 나와 안면이 있는 여성의 아들이라 뜻하지 않은 인연에 놀라며 진심으로 축하를 보냈다. 양쪽 엄마들이 다 훌륭한 인품의 소유자들이었다. 그 뒤 일 년인지 이 년쯤 지나 어떤 모임에서 우연히 그 친구를 만날 기회가 있었다. 만나자마자 '애들, 잘 살지?' 안부를 물었다. 물론 으레 잘 살고 있을 거라는 백퍼센트 확신을 가지고. 내 딴에는 신랑 신부를 잘 알고 있는 처지에 안부를 안 물어보면 혹시 섭섭할지도 모르겠다 싶어서 인사치레로 건넨 말이었다.

그런데, 순간 친구의 눈가가 붉어지는 게 아닌가. 이미 헤어졌다는 것이다. 얼마나 놀랐던지 친구의 심정을 헤아릴 겨를도 없이 내 입에선 저절로 "아니, 왜~~?"라는 무식하기 짝이 없는 질문이 터져 나왔다. 나중에 다른 친구에게 이 얘길 했더니 나보고 세상 물정을 모른다고, 결혼한 자녀 잘 사느냐고 인사치레로라도 묻는 게 아니라는 걸 아직도 모르냐며 핀잔을 주었다. 이미 오래된 금기 사항이라는 거였다.

우리 아이들을 만나면 가끔 아이들이 학창 시절 친하게 지냈던 친구들의 소식을 물을 때가 있는데 늘상 누군 아직 결혼하지 않았다는 소식과 함께 누군 이혼했다, 혹은 누군 재혼했다는 소식이 섞여 있다. 그때마다 참 비혼도 많고, 이혼도 많고, 재혼도 많은 세상이 됐구나 새삼 확인하곤 했다.

물론 통계청 발표로 우리나라 이혼율이 얼마나 높은지 숫자상으로

익히 들어왔지만 그건 그거고, 사람들은 대개 바로 자기 옆에서 이혼하는 사람들을 자주 접할 때 이혼율이 정말 높긴 높구나 하고 새삼 놀라기 일쑤다. 말하자면 체감이혼율이라고나 할까.

이혼율이 높은 만큼 재혼율도 따라서 높아지는 건 당연한 현상이다. 아직도 이혼한 여성을 삐딱하게 보는 시선이 남아 있어 상처받는다고 호소하는 여성들이 눈에 띄긴 하지만 정말 모든 것이 빨리 변하는 사회답게 이혼에 대한 태도도 급속도로 너그러워지고 있다. 특히 재혼녀와 초혼남의 결합이 재혼남과 초혼녀의 결합보다 더 많다는 통계는 이제 놀랍지도 않은 뉴스가 된 지 오래다.

얼마 전만 해도 미국 드라마를 보면 이혼 가정과 재혼 가정이 너무 많아 초반에는 등장인물 간의 가족 관계를 파악하는 것조차 혼란스러울 지경이었다. 새엄마, 새아빠, 친엄마, 친아빠, 친형제, 이복형제가 스스럼없이 왕래하는 모습이 낯설기도 했다. 새아빠와 살다가 주말마다 친아빠가 데리러 오는 모습이나 자녀 딸린 이혼녀와 결혼한 남자가 아내가 죽자 그 자녀들을 살뜰히 거두는 모습도 우리에겐 흥미로운 장면이었다.

그러나 이제 우리도 드라마와 현실을 막론하고 가족 구성이 다양해졌다. 일찍 이혼하는 부부가 늘어나면서 재혼하는 부부의 연령도 낮아졌다. 자신이 낳지 않은 아이를 키우는 엄마 아빠도 많아졌다. 계모나 계부라는 단어는 더 이상 남의 입에 오르내리지 않아도 될 만큼 흔해졌다.

그런데 아직도 '잔혹 동화'에나 나올 계모들의 이야기가 불쑥불쑥 튀어나와 사람들을 몸서리치게 만든다. 여덟 살짜리 딸을 한 시간 동안이나 마구 때려 숨지게 한 '울산 계모'는 도대체 어떤 마음으로 딸 둘 딸린 이혼남과 결혼을 한 걸까. 사건이 발생한 후부터 그녀에게 상해치사죄를 적용해 15년을 선고한 원심을 거쳐 재심에서 살인죄를 적용해 중형을 선고할 때까지 수많은 여성들이 마치 자신의 딸이 맞아 죽은 것처럼 분노했다.

그녀는 이 땅의 착한 계모들에게 씻을 수 없는 죄를 지었다. 아동 학대는 어제오늘의 문제가 아니고 매년 수많은 아이들이 친부모로부터 폭력을 당하고 있는 것이 우리 사회의 현실이지만 모든 친부모들이 도매금으로 아동 학대범으로 의심을 받지는 않는다.

하지만 그녀가 저지른 끔찍한 악행은 자칫 그녀 개인에 대한 단죄에 그치지 않고 모든 계모들을 부정적으로 보게 하는 '일반화의 오류'로 이어질 가능성이 높다. 이미 아무도 관심을 보이지 않는 그녀의 이름 대신 '울산 계모'라는 지칭이 많은 것을 내포하고 있지 않은가.

어떤 상황에서도 아이들은 사랑받고 존중받아야 한다. 아이를 사랑할 자신이 없으면 그 아이의 아빠나 엄마를 아무리 좋아하더라도 결혼까지 하지는 말아야 한다. 내가 주장하는 재혼의 윤리다.

돈 없 으 면

혼 자 살 수 도 없 나?

결혼하지 않고 살겠다는 여성들에게 세상은 많이 관대해졌다. 결혼은 필수가 아니라 선택이라는 말에 화를 내거나 코웃음을 치는 사람들도 급속도로 줄어들었다. 여든 넘은 할머니가 서른 넘은 손녀의 세배를 받으면서 '올해 안에는 꼭 시집가거라'라는 말 대신 '꼭 마음에 드는 사람이 아니면 결혼을 위한 결혼은 하지 마라. 요즘은 여자 혼자 살아도 괜찮다'는 덕담을 하는 걸 듣고 신선한 충격을 받은 적도 있다.

결혼한 여성들 중에는 결혼하지 않고 자유롭고 충실하게 살아가는 여성들을 부러워하는 이들도 많다. 그렇다고 그들이 모든 비혼 여성들에게 호의적인 것은 아니다. 그들의 너그러움에는 넘을 수 없는 벽이 세워져 있다. 결혼하지 않고 살겠다는 딸이나 친구, 후배에게 그들은 단호한 목소리로 못을 박는다. '결혼 안 하는 것도 능력이다' '돈 있으면 혼자 살아도 된다'고.

여기서 말하는 능력은 곧 돈이다. 즉 평생 동안 안정된 직장을 다니다가 늙어선 충분한 연금을 받을 수 있는 여성, 사업을 잘 일궈 죽을 때까지 쓰고도 남을 만큼 큰 목돈을 마련할 수 있는 여성, 작은 종잣돈이라도 잘 굴려 큰돈을 만들 만큼 이재에 탁월한 수완을 가진 여성, 그도 아니면 부모로부터 막대한 유산을 물려받을 예정인 여성이 아니라면 결혼하지 않고 살겠다는 생각은 일찌감치 집어치우라는 이야기다.

공연한 위협이 아니다. 실제로 그런 조건을 갖추지 못한 비혼 여성의 노후가 어떨지는 쉽게 짐작할 수 있다. 젊었을 때도 화려함과는 거리가 멀겠지만 늙어서는 문자 그대로 남루함 그 자체일 것이다. 물론 결혼한 여성들이라고 모두 남루한 노후를 피할 수 있는 건 아니지만 결혼으로 인한 가족 관계라도 생겼을 테니 혼자 살아온 여성보다는 그나마 외로움은 덜 느끼지 않을까 하는 일말의 기대가 남아 있다.

이런 위협 앞에서 비혼을 선택한 여성들은 새삼스럽게 각오를 다잡는다. 비혼의 자유를 누리기 위해서 미리미리 돈을 비축해 놓자고. 그래서 철밥통이 보장되는 공무원 시험에 대비해 열공에 들어가고, 대기업 입사를 위한 치밀한 작전을 짜고, 혹은 자기만의 아이템으로 창업에 나서기도 한다.

하지만 어느 것 하나 쉬운 게 없다. 오히려 갈수록 젊은 여성들이 경제적인 안정을 이루기 어려운 게 요즘의 현실이다. 각종 고시에서 여성들이 남성들을 압도하는 추세이긴 하지만 아직도 우리 사회에서 여성이 웬만한 직장의 정규직을 잡기란 거의 하늘의 별따기다. 또 아무리 작은 규모로 창업을 하려고 해도 초기 자본이 만만치 않게 들어간다. 하루에도 몇 군데씩 알바를 뛰어 보지만 최저임금에 맞춰 정해진 시급을 모아서는 종잣돈 마련은 부지하세월이다. 그새 몸만 축날 뿐이다. 이른바 슈퍼걸이라고 불리는 소수의 여성을 제외하면 대다수 여성들은 자력으로 혼자 살 수 있을 만한 돈을 확보하기가 수월치 않다.

그래서 세상은 2, 30대 비혼 선택 여성들에게 충고한다. 혼자 살 능력이 없으면 딴생각하지 말고 결혼하라고. 그러나 비혼 여성들은 자신의 결정을 포기할 의사가 없다. 그들은 요구한다. 결혼하기 싫은 여성에겐 결혼하지 않고도 사람답게 살 수 있는 여건을 마련해 주는 게 좋은 나라가 아니냐고. 여성이 안정된 일자리를 얻을 기회를 대폭 열어 주거나, 정규직이 어렵다면 비정규직이라도 사람답게 살 수 있을 정도의 임금을 보장해 주어야 한다고. 더불어 싼값으로 입주할 수 있는 공공 주택을 대량으로 지어 달라고.

기실 이런 요구들은 비단 비혼 여성들에게만 해당하는 사항들이 아니다. 이 땅의 수많은 저소득층이 간절히 바라는 것들이다.

혼자 살 능력이 없으면 딴생각하지 말고 결혼해야 한다는 조언은 여성만이 아니라 남성에게도 심히 불쾌한 위협이다. 남성에 대한 경제적 의존성을 확인시킴으로써 여성의 정서적 독립성까지 인정하지 않으려는 은밀한 의도가 느껴지는 한편으로 남성에게는 '닥치고 돈'이라는 무자비한 지상명령을 내리는 셈이기 때문이다.

결혼하지 않을 자유를 허용하라, 여성에게, 그리고 남성에게. 단지 돈 때문에 결혼하지 않아도 되는 사회가 올 때 결혼은 진정으로 선택 사항이 될 것이다. 그리고 그렇게 될 때에만 결혼 안에 진정한 사랑이 꽃필 수 있을 것이다.

혼 자 라 도

혼 자 가   아 니 야

역시 그녀다웠다. 그녀가 오랜 도시 생활을 끝내고 고향 마을 부모님 댁으로 들어갔다는 소식을 들었을 때만 해도 속으로 너무 빠른 나이에 은퇴하는 게 아닌가 의아했다. 그녀는 서울 소재의 대학을 졸업한 후 신문 기자를 거쳐, 꽤 오랫동안 경제 단체 홍보팀에서 탁월한 능력을 발휘했던 에너지 만빵의 워킹우먼이다. 직장에서 고위직까지 지낸 후 한국 최초의 여성 정론지가 창간되었을 때 아주 적은 보수만 받으면서 신문이 기초를 다지는 데 힘을 보탰다.

내가 그녀를 알게 된 건 그 즈음이었다. 매주 회의를 하러 편집국을 드나들었는데 어느 날 유난히 선해 보이고 반짝거리는 눈동자와 마주 쳤다. 표정이 하도 밝고 맑아서 나보다 한참 어린 여성이려니 했다. 나 중에 그녀가 나보다 겨우 한 살 아래라는 말을 듣고 얼마나 놀랐던지 집에 돌아와서 한참 동안 거울에 비친 내 얼굴을 뜯어보았다. 도대체 무슨 생각을 하며 살았길래 얼굴이 이렇게 탁하고 둔해 보일까 살짝 서글프기까지 했다.

매력적인 외모와 목소리에 밝은 성격의 그녀가 그때까지 결혼을 하지 않았다고 해서 또 한 번 놀랐다. 아니, 이런 매력 덩어리를 놓치다니, 남자들이 눈이 삔 거 아냐? 혼자 사는 여자는 어딘가 부족할 거라는, 40대 초반 아줌마가 갖고 있는 비혼 여성에 대한 편견이 여지없이 폭로된 순간이었다. 편견이란 얼마나 끈질긴 놈인지. 아무리 이성과 지성으로 정복했다 안심해도 어느 순간에 튀어나올지 모른다.

얼마 후 그녀는 또다시 참신한 일을 벌였다. 지방에 있는 한 민속박물관 관장 공모에 응모해 채용된 것이다. 평소 아름다운 것, 귀한 것, 사라져 가는 것들에 대한 한결같은 사랑이 자연스레 그런 자리로 이어진 것이다. 서울에서 꽤 떨어진 거리였지만 그녀는 몸담았던 신문사에서 도움을 요청하면 언제든지 달려왔다. 아무런 대가도 바라지 않고.

그녀를 만나면 솔숲에서 불어오는 듯한 바람 소리와 청정한 향기가 느껴졌다. 그녀에게서 발산되는 선하고 긍정적인 에너지는 팍팍한 일상에 휘둘려 탈진한 사람들에게 신선한 기를 불어넣어 주었다. 세상에는 만남만으로 피곤해지는 사람들이 많지만 간혹 이런 보물 같은 사람을 만날 수 있어서 살아갈 수 있는 힘을 얻는다.

고향 마을로 돌아가면 연로하신 부모님이 계실 동안이야 그런대로 괜찮겠지만 두 분 다 돌아가시면 외로워서 어쩌나 했던 것은 완전 기

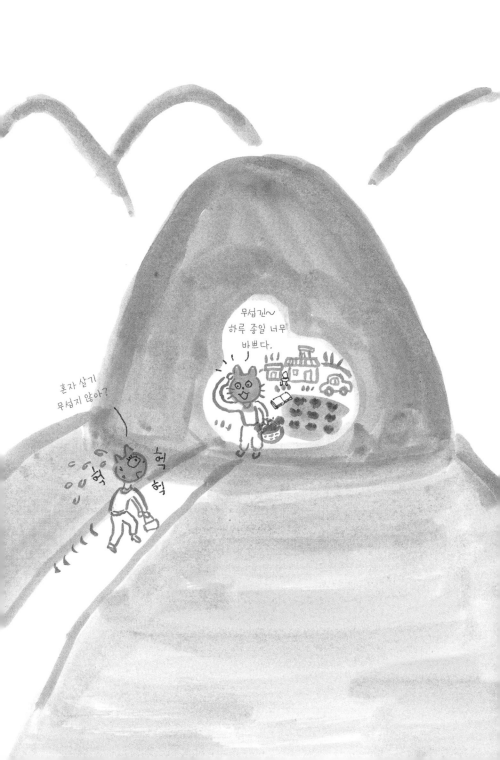

우였다. 글 잘 쓰고 사진 잘 찍고 컴퓨터를 잘 다루는 그녀는 마치 한 번도 도시에 살아 본 적 없는 사람처럼 시골 생활에 완벽히 녹아들었다. 자연과 농촌에서 겪은 경험과 느낌을 블로그에 올려 많은 사람들과 공감을 나누었고 손수 지은 농작물을 인터넷으로 팔기도 했다.

부모님이 돌아가셔도 그녀는 혼자가 아니었다. 고향 마을에 내려오자마자 마을 사람들과 친구처럼 가족처럼 지내 왔기 때문이다. 도와주고 도움받고 나누는 일을 즐겁게 함으로써 도시 사람과 시골 사람, 남자와 여자, 배운 여자와 덜 배운 여자 사이에 높이 쌓였던 마음의 벽은 일찌감치 무너져 내렸다.

고향에서 그녀는 고향 친구들과 더불어 고향을 살리고 사람들을 행복하게 만들기 위해 새롭고 멋진 일을 벌이기 시작했다. 잃어버린 공동체성을 회복하기 위한 '마을 만들기 프로젝트'에 나선 것이다. 누군가가 시켜서가 아니라 마을 사람들의 자발적인 참여를 이끌어 낸 결과 그는 자신의 고향을 슬로시티로 인정받게 하는 데 성공했다.

그 소식을 듣자 나는 '역시!'라고 외치며 손뼉을 쳤다. 그리곤 그녀를 사랑하던 사람들과 함께 서둘러 그곳으로 달려갔다. 솔직히 전에 다른 슬로시티에 갔을 때 '슬로'가 사라지고 인파와 졸속만 경험했던 터라 약간의 우려를 떨치지 못했던 게 사실이다.

하지만 호수를 품은 마을은 그림처럼 정갈하고 고즈넉했다. 아직 널리 알려지지 않아서 그랬겠지만 느릿느릿 걷는 사람이 드문드문 눈에 띌 뿐 말 그대로 우리가 잊고 있었던 슬로의 감성이 살아나고 있었다.

무엇보다 그녀와 함께 프로그램을 운영하고 전통 음식을 만드는 마을 여성들의 표정에 담긴 자신감과 행복감이 인상적이었다. 그곳에서 만난 그녀는 딱 알맞은 자리를 찾은 듯 편안하고 즐거워 보였다.

누가 결혼하지 않으면 나중에 외로워서 어떻게 할 거냐고 지레 걱정을 하거나 겁을 주는가. 그녀는 당당하고 현명하게 자신의 인생을 기획해 나가는 최고의 디자이너이다.

뭐니 뭐니 해도 가장 소중한 건 가족이라고? 맞는 말이다. 그녀에겐 이웃과 마을이 가족이다. 가족과 함께 날마다 재미있는 일을 꾸미느라고 그녀는 아마 죽을 때까지 외로울 틈이 없을 게다. 나는 그녀가 부럽다. 진심으로.

chapter 5

준비된 주례사

결혼이 맘먹은 대로 흘러가지 않는다고 쉽게 슬퍼하거나 좌절하지 마
십시오. 왜 결혼했는가 후회하지 마십시오. 배우자와 스스로를 탓하지
도 마십시오. 결혼이 두 분을 행복하게 해주지는 않습니다. 두 분이 행
복한 결혼을 만들어 가십시오.

결혼이 행복을

만들어 주지는 않는다

쉰이 넘어서자 뜻밖에 결혼식 주례 요청이 들어왔다. 그 즈음 간혹 주례를 섰다는 여성들을 만난 적은 있었지만 주례는 남성 전용이란 관행이 아직 굳건하던 때라 제의를 받고 처음엔 많이 놀랐다. 게다가 맨 처음 주례를 청한 예비 신랑은 나와 직접적인 교류가 없었던 청년이어서 더 당황스러웠다. 나의 이름과 책만 접한 상황에서 나와 가까운 선배를 통해 부탁해 왔다. 자신은 결혼해서 양성평등하게 살 자신이 있다는 전언과 함께. 듣자마자 손사래를 쳤지만 쉽게 물러나지 않았다.

바로 그때 연이어 두 번째 주례 요청이 들어왔는데 이번에는 내가 잘 알고 지냈던, 지금은 고인이 된 친지의 딸로부터였다. 불화가 심했던 부모를 보며 자랐던 그는 주위에서 본 부부들 중에서 내가 가장 행복한 결혼 생활을 하는 것 같다며 나로부터 축복을 받으면 자신도 행복하게 살 수 있을 것 같다고 했다.

결론부터 말하면 난 두 번 다 주례를 서지 않았다. 아니 못 섰다고 말해야 더 정확한 표현이다. 여성학 언저리를 맴돌며 말을 하고 글을 쓰는 사람으로서 젊은이들이 여성 주례를 선택할 만큼 진취적이 되었구나 싶어 흥분도 되고 보람을 느꼈지만, 그보다는 나 스스로 주례를 서기에는 너무 부족하다는 생각이 훨씬 강했다. 솔직히 대중매체를 통해 이름이 좀 알려졌을 뿐 뚜렷한 업적을 쌓지 못했다는 자격지심도 아주 없는 것은 아니었다. 하지만 그보다 내가 과연 이 젊은이들의 모범이 될 만큼 결혼 생활을 성공적으로 이끌고 있나 회의가 들었기 때문이었다.

당시 내가 처한 상황은 여러모로 힘들었다. 큰 욕심을 부리지 않는 사람이니만큼 큰 좌절도 없으리라고 믿었던 남편의 일이 하루아침에 엎어졌다. 경제적인 불안보다 심리적으로 더 타격을 받은 나는 마음과 함께 몸이 급속히 망가졌다. 주례 요청이 들어왔을 때는 최악의 상황에서 가까스로 벗어났을 때라 체력을 비롯해 모든 것이 불안정한 시기였다. 특히 미래에 대한 불안감은 시시때때로 나를 옭죄었다. 남들은 내가 왕성하게 활동하면서 의연하게 대처해 나간다고 놀라워했지만 그건 겉모습일 뿐이었다. 내 안은 금방이라도 깨져 버릴 것 같은 얇디 얇은 얼음장이었다.

난 당시의 상황을 누구라도 겪을 수 있는 고난이 아니라 내 인생의 총체적인 실패로 간주했다. 끝 모를 좌절감에 푹 빠져 있었던 사람이 무슨 염치로 남의 인생에 감 놔라 배 놔라 할 수 있단 말인가. 앞날이 구만리 같은 그들의 행복을 진정으로 바란다면 난 절대로 주례를 설 수 없었다.

그로부터 거의 이십 년이 지난 지금은, 만약 누가 주례를 부탁해 온 다면 못 설 것도 없을 것 같다. 시간이 흐르면서 내 결혼이 큰 성공은 아니더라도 그렇다고 그리 실패도 아니라는 쪽으로 생각이 바뀐 데다 주례는 꼭 결혼에 성공한 사람만 설 수 있는 것도 아니라는 깨달음 덕분이다. 이혼한 사람도, 비혼인 사람도 얼마든지 설 수 있다는 쪽으로 마음이 활짝 열렸다. 어느새 인생이나 자신에 너그러워졌다고나 할까.

이렇게 마음을 바꿔 먹었는데도 요즘엔 아무도 주례를 서 달라고 부탁하지 않으니 참으로 유감이다. 젊은이들에게 피가 되고 살이 될 주례사를 들려줄 자신이 있는데 말이다. 다음과 같은.

신랑 신부, 그대들은 참으로 용기 있는 사람들입니다.
수많은 젊은이들이 결혼을 기피하는 이 시대에 감히 결혼을
감행하시다니요. 그대들은 틀림없이 낙관주의자들일
것입니다. 수많은 선배들의 경험을 통해서 결혼이 행복을
보장해 주지 않는다는 사실을 충분히 확인했을 텐데도
결혼하기로 결정했으니까요. 세상의 모든 결혼이 고난의
길이라 해도 그대들만은 행복하게 살 자신감이 넘치는군요.
대견하고 아름답습니다.

제가 드릴 말은 단 하나, 지금의 그 낙관주의를 끝까지
포기하지 말라는 겁니다. 아무리 힘든 일이 닥쳐도 우리는
행복할 수 있다는 자신감을 잃지 마십시오. 하지만 동시에
너무 행복하려고 애쓰지 말라고 당부하고 싶습니다.

특히 남들 눈에 완벽한 행복을 구가하는 것처럼 보이려고
애쓰지 말아야 합니다. 경제적으로 여유롭고 언제나 서로
열정적으로 사랑하는 것만을 행복한 결혼이라고 못 박지
말아야 합니다.

인생은 생각대로 풀리지 않을 때가 많습니다. 결혼도 맘먹은
대로 흘러가지 않을 때가 더 많습니다. 그때마다 쉽게
슬퍼하거나 좌절하지 마십시오. 배우자와 스스로를 탓하지도
마십시오. 왜 결혼했는가 후회하지 마십시오. 그대들은
결혼해서 불행해진 것이 아닙니다.

가슴속에 깊이 가라앉은 처음의 낙관주의를 길어
올리십시오. 아무리 힘들어도 우린 행복할 수 있다는 그
자신감을 되찾으십시오. 행복은 그냥 찾아오는 것도 아니고
누가 가져다주는 것도 아니라는 걸 잊지 마십시오. 행복은 내
속에 들어 있는 것이며 내 행복을 만들어 주는 건 남이 아니라
바로 나 자신입니다.

결혼이 두 분을 행복하게 해 주지 않습니다. 두 분이 행복한
결혼을 만들어 가십시오.

남 편 의 가 르 마

여든은 족히 넘었음직한 노부부가 손을 꼭 잡고 걷는 뒷모습이 그림처럼 아름답다. 두 분 다 다리가 불편해 보인다.

"저분들 참 금슬이 좋으신가 봐. 저런 그림이 하루아침에 만들어지는 게 아닌데. 저 연세에 저렇게 다정하게 보인다는 건 대단한 내공이야."

내가 부러워하니 같이 걷던 친구가 단박에 초를 친다.

"저 나이엔 손 붙잡고 걷지 않으면 넘어지기 쉬워. 노인에게 제일 위험한 게 낙상이라는 거 모르니?"

어느 날 막내네 식구들과 동네를 걷는데 막내며느리가 눈을 동그랗게 뜨고 물었다. 어머님 아버님은 왜 손을 안 잡고 떨어져서 걷느냐고. 손잡으시라고. 물론 막내 부부는 손을 잡고 걷고 있었다.

우리 세대는 원래 외출할 때 손 같은 거 잡고 그러지 않았다고 둘러댔지만 솔직히 세대 탓으로 돌릴 일이 아니었기에 속이 뜨끔했다. 그

고루했던 60년대, 들킬세라 조용조용 연애하던 시절에도 다른 학생들의 시선 따윈 아랑곳 않고 둘이 손을 꼭 잡고 캠퍼스를 돌아다니던 전력이 떠올랐기 때문이었다. 그때도 남편은 내숭 떠느라고 내 손을 뿌리쳤던 것 같은데 막무가내로 달려드는 내 고집을 꺾진 못했다.

여학생들은 땅만 보며 걷던 그 시절 그토록 당돌한 스킨십을 서슴지 않았던 건 아마 부모님의 진한 스킨십을 보며 자란 덕분일 것이다. 아버지는 자식들보다 늘 아내가 우선이었다. 자식한텐 한 번도 선물 같은 걸 할 줄 몰랐지만 아내한텐 속옷이며 화장품 등을 자주 사다 주었다.

좁은 밥상 앞에서도 두 분은 물론 나란히 앉았고 그때도 아버지의 손은 늘 어머니의 무릎이나 허벅지에 놓여 있었다. 주책이라고 핀잔을 주면서도 어머니는 흐뭇한 표정을 숨기지 않으셨다. 나는 모든 부부가 그렇게 사는 줄 알았다. 사춘기가 되어서 친구들이 부모님의 불화 때문에 괴로워하는 모습을 보기 전까지는.

요즘 거리나 지하철, 카페 같은 곳에서 지나치게 수위가 높은 스킨십을 하는 젊은 커플들을 보면 너무 민망해서 눈을 감고 싶은 심정인데, 돌이켜 보면 혹시 옛날에 공공장소에서 손잡고 다니던 우리를 봤던 사람들 중에 그런 기분을 느꼈던 이들이 있었을지도 모르겠다. 이러니 남의 말 함부로 못하는 거다.

내가 유난히 아이들을 물고 빨고 하며 키웠던 건 전적으로 부모님으로부터 물려받은 스킨십 DNA 덕분이다. 막내를 키울 땐 두 형들로부터 동생한테서 엄마 침 냄새가 난다며 놀림을 받을 정도였으니까.

결혼 후 참 오랫동안 남편의 머리를 빗겨 주었던 기억이 난다. 신혼 초부터 가르마를 잘 못 타겠다며 빗을 들고 와 나보고 타 달라고 머리를 디밀었다. 다 큰 남자가 자기 가르마 하나 못 타냐고 구시렁거리면서도 기꺼이 빗을 넘겨받았었다. 매일 아침마다 벌어지던 우리 부부의 스킨십을 대표하던 소박한 의식이었다.

그 의식이 중단된 건 그러니까 우리 부부의 관계가 예전만큼 살갑지 않다는 증거다. 언젠가부터 나는 남편 머리 빗겨 주기가 귀찮아지기 시작했다. 아마 남편이 집에 있는 날이 많아지고 내 건강이 급격히 나빠졌을 때였던 것 같다. 그 즈음에는 매사가 시들하고 끄떡하면 짜증이 났으며 조금만 움직여도 피로감이 치솟았다.

어느 날 아침 빗을 내미는 남편에게 난 싫은 소리를 했다. 이제부턴 독립적으로 살아 봐, 내가 없으면 어쩌겠냐고. 그러자 남편은 아무렇지도 않은 표정으로 빗을 들고 거울 앞으로 갔다. 처음엔 삐뚤빼뚤하게 타더니 며칠도 안 돼 가르마를 능숙하게 탔다. 어쩌면 남편은 가르마를 탈 줄 몰라서 내게 시킨 게 아니었을지도 모르겠다. 그렇게 우리의 스킨십은 서서히 멀어져 갔다.

한참 동안 스킨십 없이 지내다 보니 이젠 식탁 밑에서 조금만 발이 부딪쳐도 자동적으로 피하게 된다. 아주 예의바른 타인처럼. 아니면 누구 말대로 너무 가족처럼 되어 버려서 스킨십이 어색해진 걸까.

언제 어디서나 서로의 손을 굳게 잡고 서로의 얼굴을 어루만지는 그런 노부부는 한평생 어떻게 살아왔을까 궁금해진다.

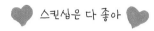 스킨십은 다 좋아

걸을 때

치질 수술 후

싸울 때

기분 좋을 때

이건 쫌… ㅠㅠ

단 한 번도 결혼을

후회해 본 적이 없다고?

오래된 부부를 만나다가 가끔 놀랄 때가 있다. 아직도 아내가 남편을 무한 존경, 무한 사랑하는 현장을 포착해서다. 남편에게 음식을 권하는 다정한 말투, 바라보기조차 아깝다는 듯한 애틋한 눈길, 다른 사람한테 남편의 식성이나 버릇을 애기할 때 저절로 떠오르는 미소. 이건 뭐 아무리 애써도 속마음을 숨길 수 없는 연애 새내기의 복사판이다.

처음엔 설정이 아닌가 의심쩍어하다가 그 다음엔 공연한 심술이 나 예의고 뭐고 뒷전인 채 다짜고짜 추궁하듯 묻는다. "아직도 그렇게 남편이 좋아요?" 웬만하면 상대의 속내에 맞추어 "아유, 이 나이에 좋기는요. 얼마나 보기 싫을 때가 많은데요"라고 둘러대도 좋으련만 이 눈치 제로 아내의 입에서 냉큼 나오는 짧은 대답, 그건 "네"다.

한때는 속으로 '아이구, 닭살!' 읊으면서 초연한 척했지만 나이가 들수록 신기하고 부럽기까지 하다. 드디어는 도대체 이 불가사의한 상황의 근원은 무엇일까 궁금해서 혼자 추리해 보기로 했다.

우선 남자 쪽이 얼마나 매력 덩어리길래 그토록 오랫동안 여자의 사랑을 받는 건지 매의 눈으로 살펴본다. 좀 민망스러운 짓이긴 하지만 속물적인 기준으로 점수를 매겨 보니 한마디로 그저 그렇다. 경제력이나 지위는 안정적이긴 하나 특출할 게 없을뿐더러 외모는 미안하지만 많이 부족한 편이다.

둘만 있을 땐 어떤지 모르겠는데 아내에 대한 태도 또한 그 또래 대한민국 남자들의 평균 수준이다. 특별히 살뜰한 모습을 찾기 어렵다. 전체적으로 조금 무뚝뚝하고 재미없는 남자다. 누구 말대로 잠자리 실력이 뛰어난지는 알 길이 없다. 우리 세대는 아무리 가까워도 그런 말을 터놓고 물어보는 세대가 아니다. 물론 우리 세대가 다 그런 건 아니다. 여자들은 나이가 들수록 뻔뻔해진다고들(좋게 말하면 솔직해진다고들) 하지 않는가. 다만 내 주변 사람들에 한한 한 어렸을 때부터 섹스에 대한 대화는 아예 외면하고 산다는 이야기이다. 그러니 남의 부부 관계에 대해선 관심이 없다.

남자가 내 남편보다 잘나 보여야 잉꼬부부가 되지 못한 탓을 남편에게 돌릴 텐데 적어도 외면상으로만 보자면 거기서 거기니 남편을 닦달할 구실이 없다. 그렇다면 남는 문제는 하나. 혹시 여자가 남자에 비해 많이 모자란 건가. 그래서 여자가 남자를 과분한 남편감으로 받드는 건가.

역시 답이 안 나온다. 여자도 남자와 동등한 학력에 비슷한 직업을 가지고 있다. 그뿐인가. 외모 면에서는 비교가 안 될 정도로 탁월하다. 고생고생 하다가 남자를 잘 만난 덕에 금마차를 탄 경우도 아니다. 시어머니 모시고 함께 벌면서 풍요로운 노년을 일궈 낸 모범적 현모양처의 삶을 살았다. 그럼에도 여자는 단 한 번도 결혼을 후회해 본 적이 없다고 말한다. 비결은 뭘까.

솔직히, 궁금한 척 의뭉을 떨었지만 나는 이미 그 답을 알고 있다. 그 여자는 원초적으로 행복한 결혼 생활을 할 자격을 갖춘 사람이다. 언제나 남자를 사랑하고 존경할 준비가 되어 있는 여자다. 그 남자와 결혼할 수 있어서 자신이 참 행복한 여자라고 확신하기 때문에 남자의 단점이 눈에 들어오지 않는 여자다. 설혹 단점이 보이더라도 그것까지 사랑할 수 있는 여자다.

남편의 생일이면 아내는 시어머니에게 '저런 아들을 낳아 주셔서 고맙습니다'라고 했다는 말을 들은 적이 있었다. 시어머니에게 잘 보이려고 없는 아양을 떤 게 아니었다. 뼛속 깊이 남편을 사랑하기 때문에 저절로 나오는 말이다. 시어머니가 모질게 굴어도 얼마든지 참을 수 있는 힘도 거기서 나온다.

살다 보면 아주 가끔 이런 아내들을 만날 때가 있다. 속설에는 열 쌍 중 한 쌍은 이런 부부라고도 한다. 세상에, 평생 한 번도 후회한 적이 없는 부부라니, 나한텐 딴 나라 얘기다.

의 리 에   산 다

사업을 벌였다 하면 얼마 못 가 들어먹곤 하는 남편 때문에 평생 속을 끓이며 사는 아내가 있다. 남편이 사업에 실패할 때마다 더 변두리로, 더 작은 집으로, 나중에는 더 작은 방으로 이사를 가야 했다. 이삿짐을 꾸릴 때마다 더 이상 이렇게 못살겠다고, 당장 이혼하겠다는 말을 밥 먹듯 하면서도 지금껏 남편 곁을 떠나지 못하고 번번이 사업 밑천을 꿔다 대곤 했다. 친척이나 친구들도 이젠 그만 이혼해서 너라도 숨을 돌리며 살라고 충고하지만 아내는 차마 남편을 떠나지 못한다.

'남편을 정말 사랑하나 보다'라는 친구의 말에 그녀는 '사랑은 무슨 개뿔, 의리 때문에 못 떠나는 거지'라고 답한다. 인간이 돼 갖고 어떻게 함께 살던 이가 실패했을 때 떠날 수 있냐는 것이 그녀의 반문이다. 헤어지고 싶다면 상대가 보란 듯 성공했을 때 떠나는 것이 한때 사랑했던 인간에 대한 예의라는 것이다. 자기가 못 떠나는 건 남편을 사랑해서가 아니라 인간에 대한 의리 때문이라고 한다.

말이 그렇지 정작 남편이 성공하면 그동안 고생한 게 아까워서라도 헤어질 생각이 싹 없어질 거라고 하자 그녀는 절대 그렇지 않다고 머리를 흔든다. 그때 이혼하면 모두들 자신을 어리석다고 흉볼지언정 아무도 자신을 못된 여자라고 욕하지는 않을 게 분명하므로 자신은 그것으로 충분하다고 했다.

또 다른 아내도 비슷한 경우다. 그녀의 남편은 젊었을 때 공부밖에 모르면서도 타고난 우유부단함 때문에 늦은 나이까지 박사 학위를 따지 못했다. 그렇다고 다른 일을 할 생각도 전혀 없었다. 자기가 하고 싶고 잘할 수 있는 일은 공부밖에 없다고 고집을 부렸다. 그 아내는 백수 남편을 뒷바라지하느라 결혼 이후 일을 놓지 못했다.

게다가 남편은 성격도 입맛도 까칠하기 그지없어서 사사건건 아내를 들볶았다. 나이가 들어가면서 남편에 대한 기대는 서서히 원망으로 변해 갔다. 그녀는 얼마 전부터 이혼을 꿈꿨다. 마음속으로 이혼하는 날짜까지 정해 놨다. 남편이 박사 학위를 따는 그날로. 인간에 대한 최소한의 의리 때문에 역경에 처한 사람을 팽개치고 이혼할 수는 없다고 했다. 여자들의 의리 참 으리으리한 것 같다.

IMF 위기 이후 가족해체 현상이 두드러지고 있다. 각종 미디어에는 중산층에서 빈곤층으로 떨어진 남성들의 삶을 추적하는 기사들이 빈번히 실리는데 그런 기사를 읽다 보면 공통점이 눈에 띈다. 적지 않은 남성들이 사업 실패 후 얼마 못 가 이혼하는 경우가 많다는 내용이다. 마치 사업 실패와 이혼이 당연한 수순으로 비춰질 지경이다. 이런 뉴스를 자주 접하다 보니 우리나라 아내들은 남편이 사업에 실패하면 가차 없이 이혼을 제기할 정도로 냉정한, 실리를 추구하는 인간들처럼 보이기도 한다.

물론 실리를 추구하지 않는 사람은 아예 루저 취급을 하는 세상이 된 지 오래지만 내 생각으로는 아직도 우리 사회에는 실리만 따져서 이혼을 제기할 정도로 의리 없는 여자들은 그렇게 많지 않다고 본다.

살다 보면 뜻하지 않은 역경에 부딪칠 때가 있다. 누구나 성공을 꿈 꾸지만 사업하는 사람들마다 꼭 잘되라는 법은 없다. 영원할 것만 같던 안온한 삶이 일순간에 곤두박질칠 수도 있는 게 인생이다.

가장 최근의 통계에서도 '경제적 이유'가 이혼 사유의 일순위를 차지하는 것으로 나타났지만 그렇다고 단지 남편이 사업에 실패했거나 실직했다는 이유만으로 남편을 떠나는 아내는 없다.

아내가 떠나는 이유를 조금만 더 살펴보면 훨씬 복합적이다. 가난 때문이 아니라 남편에 대한 신뢰가 무너졌기 때문이다. 남편이 이 역경을 함께 견뎌 낼 가치가 있는 사람이 아니라는 판단을 내렸기 때문이다. 다시 말해 그동안의 결혼 생활을 통해 조금씩 쌓여 왔던 불신과 불만이 역경을 계기로 한꺼번에 터져 나온 것일 뿐 순간적인 충동이 아니라는 것이다.

사업 실패 때문에 이혼하는 것이 아니라 일어날 일이 일어난 것이다. 그녀들은 의리 없는 여자가 아니다. 그녀들은 의리를 지키고 싶으나 의리를 지킬 만한 가치를 지닌 남자를 만나지 못한 불운한 여자들일 뿐이다.

그러고 보면 의리도 사랑의 다른 이름일지 모르겠다.

아 프 니 까   청 춘 이 고

잊 으 니 까   사 람 인 가 ?

"있을 때 잘하세요."

나이 든 여자들이 모인 자리에선 자동적으로 남편한테 밥 차려 주는 일만 없으면 노년도 꽤 살 만할 거 같다는 푸념이 따른다. 그날도 그랬다. 일터에는 은퇴가 있는데 부엌에는 왜 은퇴가 없느냐, 도대체 언제까지 끼니 챙겨 먹는 일에 매달려야 하느냐며 모두들 목청을 높이는 중이었다. 그때 한 여성이 진지한 표정으로 그렇게 말했다. '있을 때 잘하세요'라고. 아직 남편이 살아 있는 여자들아, 고만 찧고 까불고 있을 때 잘하라고.

순간, 모두들 움찔했다. 다른 때 같으면 벌떼처럼 일어나서 '너나 잘하세요, 열녀 상 후보님' 하며 집중포화를 날렸겠으나 그날만은 아무도 감히 입을 열지 못했다. 그도 그럴 것이 그녀는 일 년 전 남편과 사별

했기 때문이었다.

그녀는 말을 이었다. 남편이 세상을 떠나자 살아 있을 때 잘못해 준 일만 떠올라서 가슴이 아프다고. 조금만 더 잘해 줄 걸 왜 그러지 못했나 싶어 후회막급이라고. 그러니 여러분들은 남편 살아 있을 때 최선을 다해서 잘해 주라고. 안 그러면 자기처럼 나중에 후회한다고. 입가엔 미소를 띠었지만 그녀의 눈은 젖어 있었다. 분위기가 숙연해졌다.

내가 알기로 그녀의 남편 사랑은 각별했다. 교직에 있던 남편 역시 그런 아내를 지극히 존중하고 사랑하는 그야말로 완벽한 부부였다. 남편이 암에 걸리자 아내는 지극정성으로 수발했으나 몇 년 후에는 결국 이별을 하고 말았다.

나는 어딘가 찔리는 기분이었다. 사람의 그릇은 어찌 이리 크기가 다른가. 나로선 도저히 따라갈 수 없을 만큼 크나큰 사랑과 정성을 쏟았던 분인데 스스로는 저리도 미흡하게 여기다니. 어쩌면 그토록 쏟아부을 수 있었기에 오히려 더 미흡하게 여기는지도 모르겠다. 아직도 자기 속에 더 큰 사랑이 남아 있다는 걸 아니까.

내가 만약 그녀처럼 끝없는 사랑과 정성을 쏟았다면 나중에 일을 당했더라도 필경 스스로 위안을 했을 것 같다. 나는 할 만큼 했다고. 그러므로 후회 따윈 없다고. 그녀는 커다란 항아리처럼 깊은 가슴을 가졌는데 내 가슴은 일회용 접시처럼 얇구나.

얼마 전 신문 한 귀퉁이에서 읽은 기사가 떠오른다. 대장암 말기로 서른여섯에 세상을 뜬 한 미국 여성이 자신의 SNS에 올린 글이 소개

되었다. 조금만 더 살고 싶어 하는 염원이 너무 절절해서 코끝이 시려왔다. 우리가 시큰둥하게 여기는 평범한 일상에 대한 간절함이 글자마다 배어 있었다. 그중에서도 아직도 어리기만 한 아이들이 커 가는 모습을 조금만 더 보고 싶고, 그리고 조금만 더 남편에게 바가지를 긁고 싶다는 소망에 이르자 나도 모르게 지면 위로 눈물이 툭 떨어졌다.

누구나 죽는다. 모든 인간은 시한부 환자다. 그러나 또 모두들 애써 그 사실을 잊는다. 그리곤 자신만은 영원히 살 것처럼 오늘을 마구 써 버린다. 지금 내 옆에 있는 사람들도 나와 더불어 영원히 살리라고 믿으면서 마구 대한다. 그러다 어느 순간 느닷없이 죽음과 마주친다. 나의 죽음 혹은 타인의 죽음과 대면해서야 우리는 오늘이라는 시간과 지금 내 옆에 있는 사람들의 소중함을 깨닫는다.

그러니 하루하루의 일상을 지겨워하는 것, 내 옆의 사람을 못마땅해 하는 것, 나 스스로를 포기하는 것, 이 모두 지금 살아 있다는 것이 얼마나 고마운 일이며 기적인가를 잊었기에 저지르는 바보 같은 짓이다.

죽음을 생각하면 삶이 보인다는 말에 모두들 머리를 끄덕인다. 그러나 문제는 이런 깨달음도 너무 금방 잊혀진다는 데 있다. 머리에서만 맴돌 뿐 몸으로까지 잘 전달되지 않는다. 아프니까 청춘이고 잊으니까 사람인가?

내 옆에 있는 이 사람이 언젠간 내 옆을 떠날지 모른다는 지극히 당연한 사실을 잊지만 않는다면 결혼이 한결 아름다워질 텐데. 부부 사이에 사랑과 평화가 강물처럼 넘쳐 날 텐데.

건방지게 남들한테 하는 설교가 아니다. 그냥 나한테 하는 말이다. 아침에 눈을 뜰 때마다 구호를 외쳐 볼까.

'있을 때 잘하자, 충성!'

가끔은 따로

하루 이틀도 아니고
평생 이러고 있으려니
답답하네

아직도 부부는 일심동체라고 강조하는 사람들이 있다. 반쪽으로 떠돌다 기적처럼 다른 반쪽을 만나 드디어 온전한 한 몸을 이루었으니 이제 죽을 때까지 다시는 떨어지지 말아야 하며 떨어질 수도 없다고 굳게 믿는 것이다. 그래서 사랑하는 사이라면 항상 함께해야 한다고 말한다. 혹시 직업과 관련된 일이라면 어쩔 수 없이 떨어져 지내야겠지만 그 외의 모든 시간 동안에는 처음부터 끝까지 함께 지내야 한다고 믿는다.

사랑에 빠지면 누구라도 완전히 딴사람이 된다. 우주가 온통 어떤 한 사람 위주로 돌고 있으니 다른 사람들이 눈에 들어올 리 없다. 그렇기에 사랑에 빠진 사람은 금방 알 수 있다. 아무리 숨기려 해도 숨길 수가 없다. 연기의 달인이 아닌 한 종전에 만나 왔던 사람들을 대하는 눈빛이 전과 확연히 달라지기 때문이다.

그런데 이렇게 연애 모드로 들어간 사람들 가운데는 상대편도 오로지 자기만을 보아 주기를 바라는 마음이 간절한 나머지 자칫 상대를 지나치게 구속하는 경우도 드물지 않은 것 같다. 예전에 자주 만나던 친구들과의 만남도 더 이상 갖지 못하게 말리거나 굳이 친구들을 만날 때는 반드시 자신도 동반하기를 바라는 사람도 꽤 있다.

연애 초기에는 상대의 이런 구속에 대해 압박감을 느끼기보다는 대개 상대가 자신을 정말 열렬히 사랑한다는 증거로 생각하고 무한한 희열을 느낄 수도 있다. 본인이 보기에 관계가 느슨해 보이는 연인들에 대해 은밀한 우월감을 느끼기도 한다. 소위 카리스마 있다는 남자, 일명 나쁜 남자들에게 여자들이 쉽게 끌리는 것도 그런 이유다. 그것이 지나친 지배욕이요 집착이 아닐까 하는 의심이 들 때는 이미 그 남자에 대한 의존성에서 벗어나기 힘들 만큼 중독되었을 때다. 남자들만 그런 것도 아니다. 여자들 중에도 남자를 꼼짝 못하게 구속하는 경우가 드물지 않다.

물론 연애나 결혼은 배타적인 관계다. 그러나 그렇다고 해서 다른 사람과의 관계를 단절해야 연애나 결혼의 순수성이 지켜지는 것은 아니다. 뿐만 아니라 오래 지속되기도 힘들다. 왜 그렇게 될까. 오로지 둘이서만 밥 먹고 영화 보고 산책하고 여행 다니다 보면 다른 사람들과 점점 멀어진다. 다른 사람들과 멀어질수록 더 집중적으로 서로만 바라보게 되니 처음엔 그럴 수 없이 좋겠지만 시간이 갈수록 상황이 달라진다. 즉 서로에 대한 기대는 점점 커져 가고 그에 따른 실망도 점점 커져 가는 사태가 벌어지는 것이다.

원래 사랑의 불꽃에는 유효기간이 있기 마련이다. 사랑의 불길이 뜨겁게 타오를수록 연료가 빨리 소진돼 더 빨리 사그라질 수밖에 없다. 예나 지금이나 주위가 왁자하게 불타올랐던 커플이 예상 외로 너무 금방 시들해져서 주위를 놀라게 하는 경우가 얼마나 많은가. 그 반면에 뜨뜻미지근해서 언제 타오를까 싶은 커플들이 오래도록 한결같이 서로를 사랑하는 경우가 많다.

모든 커플은 누구나 오래도록 서로 사랑하고 존중하며 행복하게 해로하기를 꿈꾼다. 그 꿈을 이루기 위해선 두 사람이 처음부터 일심동체가 아니라 이심이체라는 사실을 인정하는 것이 현명한 자세일 것 같다. 꼭 함께 붙어 있어야만 안심이 되고 잠시라도 떨어져 있으면 불안해서 어쩔 줄 모르는 부부들을 원앙이라고 부르는데 과연 맞는 말일까. 혹시 상대에 대한 신뢰가 부족해서 그러거나 독립적으로 살아갈 자신이 없기 때문에 매달리는 것은 아닐까.

진정으로 신뢰하고 사랑하는 부부라면 잠시 떨어져 있더라도 불안하지 않을 것 같다. 그래서 그런지 직장 때문에 늘 떨어져 살아야 하는 주말부부들이 훨씬 안정된 결혼 생활을 누리는 예를 많이 보았다.

함께 있을 때는 함께 즐길 줄 알고, 따로 있을 때는 따로 즐길 줄 아는 부부가 여유와 자유를 다 누리는 것 같아서 보기 좋다. 두 사람을 엮어 주는 끈이 항상 튼튼하다면 언제나 함께 붙어 있을 필요는 없는 것 같다. 각자 다양한 인간관계, 다양한 취미 생활을 누릴 수 있다면 함께 있을 때 더 풍요로운 대화를 나눌 수 있지 않을까.

결혼해서도 자기만의 시간과 공간을 확보할 수 있다면 누가 결혼을 구속이라고 할까.

여보 나
낚시 갔다 올게.

응. 고기 많이 잡아.
저녁도 먹고 오고~

살 아 있 어 줘 서 고 마 워

지극정성으로 병든 아내를 돌보는 남편들의 이야기가 종종 전파를 탄다. 뇌졸중으로 거동이 불편한 아내, 치매에 걸려 아이같이 변한 아내의 곁을 스물네 시간 지키며 수발을 드는 나이 든 남편들의 이야기다.

솔직히 그 나이에 병든 남편을 돌보는 아내들이야 부지기수지만 그런 건 이야깃거리도 안 된다. 오히려 남편 간병에 지극정성을 바치지 않는 아내 이야기라야 화젯거리로 떠오른다.

간병하는 남편들의 이야기가 화제에 오르고 감동을 불러오는 것은 그만큼 드문 일이기 때문이다. 아내가 병을 앓으면 모두들 당사자보다 남편 걱정을 더 하는 것이 관례였다. 뒷바라지해 줄 사람이 없어서 어떻게 하느냐고.

심지어 오랜 간병에 지친 아내가 잠깐 바람이라도 쐬려고 외출만 해도 '못된 여자'라고 비난하고, 앓는 아내를 둔 남편은 진짜 바람을 펴도 모두들 '남자가 그럴 수도 있지'라며 너그럽게 받아들이는 게 세상이었다.

요즘 젊은이들 같으면 대뜸 부부간에 너무 불공평한 일이라고 비판하겠지만 우리가 살아온 시대는 그런 관례를 당연하다고 받아들였지 그게 불공평한 일이라고는 생각도 못했다. 돌봄이니 배려니 섬김이니 하는 단어들은 남자와 무관한 걸로 알았으니까. 그것들은 모두 여성들에게 요구되는 덕목이었다.

그런 세상에서 평생을 살아온 남편들이 자신도 늙어 기력이 쇠한 상태에서 정신적 육체적으로 무력해진 아내를 지극정성으로 돌보니까 '세상에 이런 일이'라며 놀라고 감동하는 것이다. 게다가 요즘은 곳곳에 요양 병원이 있지 않은가. 십 년 전만 해도 늙고 병든 부모나 배우자를 요양 시설에 보내는 걸 꺼렸지만 그새 분위기가 확 바뀌지 않았는가.

TV에 소개되는 부부의 일상을 보면서 특히 감동스러운 건 남편이 아내를 진심으로 사랑하는 게 고스란히 드러나는 장면들이다. 그저 어쩔 수 없으니까 의무적으로 대충대충 하는 행동들이 아니라는 게 한눈에 보인다. 끼니때마다 밥을 먹여 주거나 기저귀를 갈아 주거나 곱게 화장을 시켜 주는 손길에 아내에 대한 지극한 사랑이 담겨 있다.

무엇보다 아내가 알아듣든 못 알아듣든 끊임없이 말을 걸어 준다는 건 깊은 사랑이 없다면 할 수 없는 일이다. 그 남편들의 얼굴은 각양각색이었지만 표정은 닮아 있었다. 그 나이대의 남자들 표정은 대개 딱

딱하고 심술궂어 보이는데 그들의 표정은 하나같이 보살처럼 온화해 보였다.

자신을 고생시키는 아내가 원망스럽기도 하련만 그들은 결혼 이후 아내에게 평생 고생만 시켰다고 가슴을 친다. 가난한 집에 시집와서 시부모 봉양하고 시동생 수발하고 자식들 키우면서 농사짓느라 평생을 허리 한 번 못 펴고 살다 이제 겨우 살 만하게 되자 덜컥 쓰러졌다고 안타까워했다. 아내의 발병을 다 자기 탓으로 돌렸다.

본인도 나이가 들었는데 스물네 시간 간병이 너무 힘들지 않느냐는 주위의 걱정에 그들은 힘든 사람은 자기가 아니라 아내라고 했다. 그리고 조금은 힘들지만 이렇게라도 아내가 자기 곁에 살아 있어서 기쁘다고 했다. 한 남편은 더 전문적으로 간병하기 위해 여든이 다 된 나이에 직접 요양 보호사 자격증까지 땄다니 그 정성이 놀랍기만 하다.

'여보, 저 할아버지 대단하지?' 감탄하며 남편 쪽으로 돌아보니 어느새 자리를 떴다. 그러면 그렇지. 남편은 평소에도 병원 스토리나 투병기 같은 프로그램은 딱 질색이었다. 보기만 해도 눈앞이 깜깜해지고 가슴이 답답해 오는 모양이다. 병원 가기는 죽기보다 싫어하면서 병원 프로그램은 빼놓지 않고 보는 나한테 이상한 취미를 가졌다고 놀려 대곤 한다.

그런 사람에게 어떻게 장난으로라도 '나중에 내가 아프면 당신도 저렇게 할 거냐'라고 떠보겠는가. 그랬다간 심술쟁이 마누라라는 핀잔이나 받을 게 뻔한데.

막상 닥치면 어떨지 모르지만 지금으로선 나 역시 자신 없긴 마찬가지다. 내가 과연 할 수 있을까, 상상만으로도 겁이 더럭 난다.

그렇기 때문에 저 남편들이 아내를 돌보는 모습이 더욱 더 애잔하게 다가온다. 그리고 고맙다.

어 느 날 의 감 사 일 기

매일 아침 눈을 뜨자마자 '안녕'이라고 말할 사람이 있어서 고마워요. 당신이 없었다면 하루에 한 마디도 안 하고 살지 몰라요.

아침이면 어김없이 배고파하는 사람이 있어서 고마워요. 당신이 없었다면 입맛도 없는데다 귀찮아서 자주 아침을 거를 테니까요.

식탁에서 어젯밤 꿈 이야기를 할 수 있어서 고마워요. 너무 기분 나쁜 꿈이라 털어 버리지 않으면 하루 종일 꿀꿀했을 거예요.

뭐 먹고 싶으냐고 물으면 언제나 항상 한결같이 '아무 거나'라고 해서 고마워요. 먹고 싶은 걸 꼭 집어서 말하면 못 해 줄 때가 많을 테니까요.

방을 마구 어질러 놓고 치우지 않아서 고마워요. 덕분에 나도 맘껏 늘어 놓고 살 수 있으니까요.

그 나이에도 '집밥주의자'가 아니라 고마워요. '당신이 해 주는 게 젤 맛있어'라는 말에 넘어가 세끼를 챙기다가 돌아 버렸을지도 모르잖아요.

쓰레기 분리수거를 맡아 줘서 고마워요. 자칫했으면 집 안이 온통 쓰레기통이 됐을지 모르는데. 하루 종일 세수도 안 하고 꼼짝하기 싫은 날이 있으니까요.

젊었을 때부터 스스럼없이 동네 슈퍼를 드나들기 좋아해서 고마워요. 생필품이 떨어져도 걱정이 없네요. 가끔 손질하기 귀찮은 생선을 사 올 땐 난감하지만.

내가 따로 여행을 갈 때 '내 밥은?'이라며 발목을 안 잡고 알아서 무엇이든 꼬박꼬박 챙겨 먹을 줄 알아서 고마워요. 여행지에서 전화로 밥상 차려 주는 여자들 많이 봤거든요.

나 혼자 여행을 가도 전화를 안 해 줘서 고마워요. 아내가 어디서나 재미있게 놀 거라고 굳게 믿어 줘서 고마워요.

영화를 보거나 산에 가자고 했을 때 가기 싫으면 억지로 따라가지 않아서 고마워요. 일찍부터 혼자 노는 법을 터득하게 해 주었으니까요.

아이들을 키울 때 공연히 이래라저래라 안 해서 고마워요. 아이를 놓아 키우고 싶어도 남편이 반대해서 못 한다는 엄마들이 의외로 많더라고요.

며느리들이 남편 흉을 볼 때 얼마든지 맞장구칠 수 있게 해 줘서 고마워요. 아무리 흉볼 게 많은 남편이라도 시아버지에 비하면 새 발의 피라는 이야길 들으면 며느리들 마음이 좀 편해지지 않겠어요?

뱃살을 간직해 줘서 고마워요. 덕분에 나도 살을 빼야 한다는 스트레스에서 벗어날 수 있잖아요.

가끔 개그콘서트를 함께 봐 줘서 고마워요. 혼자 보면 피식피식 웃게 되지만 함께 보면 소리 내어 웃게 되니까요. 보다가 금방 잠들지 않으면 더고마울 텐데요.

뭐든지 잘 잊어버려 주어서 고마워요. 그것도 또 잊어 먹었느냐고 나한테 잔소리할 기회를 많이 주잖아요. 나이 들수록 말을 많이 해야 치매에안 걸린대요.

늦은 나이에 좋아하는 일을 찾아서 즐겁게 하는 모습을 보여 줘서 고마워요. 각자 집중하는 일이 있으니 서로에게 신경 쓰는 시간이 줄어들어서 좋잖아요.

피곤할 때 맥주 한잔하자고 하면 기꺼이 함께해서 고마워요. 아무래도혼자 마시는 것보다 둘이 마시는 게 훨씬 기분 나잖아요.

아직 몸이 크게 아프지 않아서 고마워요. 아무리 생각해도 내가 병수발에 적성이 아닌 것 같거든요.

✤

줄곧 남편 흉보느라고 바쁘다가 갑자기 착한 척하면서 감사 일기를 쓰다니 이건 또 웬 황당한 설정이냐고? 그렇게 됐다. 얼마 전 지인이 운영하는 회사에 들렀다가 우연히 사원들이 쓴 감사 일기를 봤던 후유증이다.

조그만 회사에 다니면서 도대체 감사할 게 뭐 그리 많다고 큰 종이 한 장을 꽉 채웠나 싶었는데 한 줄 한 줄 읽다 보니 나도 모르게 코끝이 시큰해졌다. 부모님과 회사와 자신의 일에 대해 구구절절이 써 내려간 감사의 말은 단지 의례적인 수사가 아니었다. 사람과 일상에 대해 고마워하는 마음이 배어 있었다.

직원들에게 감사 일기를 권하기 전 지인은 먼저 아내에게 감사한 일들을 날마다 써 봤다고 했다. 처음엔 쑥스러운 마음에 몇 개 못 썼으나 날이 갈수록 감사할 일들이 늘어나서 지금은 하루 백 개도 금방 채운다고 했다. 효과는 놀라웠단다. 아내와의 관계가 몰라보게 좋아졌단다.

그 말을 들으면서는 나도 당장 해 봐야겠다고 생각했었지만 집에 돌아와선 까맣게 잊고 말았다. 요즘은 작심삼일도 길다고 하지 않나. 아마 마음 한구석에선 도대체 남편한테 감사할 일이 뭐 있어야지라는 어깃장이 작용했을지도 모르겠다.

막상 써 보니 예상했던 것보다 줄줄이 사탕처럼 풀려 나오긴 하는데 평소의 삐딱한 성정이 적나라하게 드러난 것 같아서 영 민망스럽다. 제 버릇 개 못 주는 모양이다.

날마다 써 보면 좀 나아지겠지.

다 시 태 어 나 는 데

왜 결 혼 을 ?

✠

"다시 태어나도 지금의 배우자와 결혼하시겠습니까?"

사이좋게 해로한다고 소문난 칠십 년차 부부를 주인공으로 등장시킨 휴먼다큐에서 마지막에 나오는 단골 질문이다. 이미 며칠 동안이나 카메라가 하루 종일 쫓아다니면서 찰떡궁합의 면모를 속속들이 보여줬는데 무슨 반전이 있을까. 대답은 들으나마나, "그럼요."

아직 그 세월은 못 살았지만 그래도 사십 년 이상 결혼 생활을 이어온 내 친구들에게 똑같은 질문을 해 보면 어떤 대답이 나올까.

모르긴 몰라도 평소의 태도를 미루어 짐작하건대 아마 "미쳤어요?"라는 대답이 대세일 테고, 가끔 '아예 다시 태어나고 싶지도 않아'라는 말도 섞일 게다. 내 대답은 확실하다. "다시 태어나는데 왜 결혼을 해?"

그런 삐딱한 생각을 하고 있는지라 TV에서 황혼기의 노부부를 그리는 프로그램을 보여 주면 부러운 한편 빈정이 상해 잠깐 보다가 채널을 돌려 버리곤 했다. 그런데 그날은 추석 연휴라 그랬는지 마음이 조금 달랐었나 보다. 아이들로 벅적이던 하루를 보내고 나면 밤 시간이 유독 고요하게 느껴진다. 그런 시간이면 어김없이 이렇게 시끌벅적한 명절을 과연 언제까지 누릴 수 있을지 셈해 보곤 한다. 내 삶의 끝에는 어떤 풍경이 펼쳐져 있을까 떠올려 보는 것만으로도 숙연해지는 밤이다.

80대 말에서 90대 중반까지의 노부부 세 쌍을 그린 프로그램이었다. 공연히 끼어들어 간섭하는 사람 없이 그저 담담하게 노부부들의 일상을 보여 주는데 왠지 코끝이 찡해지면서 어느새 눈물까지 흐르는 게 아닌가.

아흔이 넘어도 여전히 밭일 논일을 하는 그들의 건강함, 평생 한 번도 싸우지 않고 살아왔다는 그들의 금슬, 그리고 조금만 안 보이면 집안 구석구석 동네방네를 찾아다니는 극성스런 모습도 꽤나 보기 좋았지만 그보다는 '산다는 게 과연 무엇인가'에 대한 뜬금없는 상념이 새삼스레 나를 사로잡은 탓이었다.

웃는 모습까지 꼭 닮은 노부부들은 참으로 편안해 보였다. 그들은 행복해 보였다. 그런데 그들은 참으로 애잔해 보였다. 인간이 유한한 존재라는 너무도 당연한 사실이 그때처럼 절절하게 다가올 수 없었다.

삶의 끝머리는 그런 건가 보다. 아무리 행복해도 애잔한 것.

그동안 나는 결혼이란 것, 인생이란 것에 무얼 기대하며 살았기에 마음이 편편치 않을 때가 많았는지 돌아보았다. '무심한 남편이 내게 조금만 더 잘해 주었으면 얼마나 좋을까' 또는 '내가 왜 결혼이란 걸 해 가지고 사람 때문에 속을 끓이고 온갖 잡일에 쓸데없는 신경을 쓰며 살까'라는 잡념의 쳇바퀴에 빠져 눈앞의 행복을 놓쳐 버린 것은 아닐까. 과분하게 소유했으면서도 늘 부족하다고 불평만 했던 건 아닐까. 결국은 애잔함으로 마무리될 삶을 뜬구름 같은 욕심 때문에 헛되이 낭비해 온 것은 아닐까. 나는 내 인생에 미안했다.

돌이켜 보면 내 남편도 남편만 아니라면 영원히 그리워했을 사람이니 분명히 좋은 사람 축에 들고 내 인생도 잠깐의 난관은 있었지만 곧 극복되었으니 전반적으로 순탄한 편이었다. 게다가 아이들은 또 내게 얼마나 과분한 선물인가. 이만하면 됐지 더 이상 뭘 바라? 나는 스스로가 한심했다.

사람은 사소한 계기로도 생각이 바뀔 때가 있다. 한밤의 TV프로그램 한 편 덕분에 내일의 나는 오늘보다 조금쯤 겸손한 인간이 되어 있을지도 모르고, 남편에게 조금쯤 다정한 눈길을 보낼지도 모른다.

그러나 아직도 한 가지는 확실하다. 다시 태어나도 지금 남편과 결혼하겠느냐는 질문을 받는다면 여전히 '다시 태어나는데 왜 결혼을 해?'라는 답이 튀어나올 것만은 변함없을 것 같다.

결혼이란 게 아무리 행복하게 살아도 결국은 애잔하게 끝날 거라는 예감 때문이 아니라 타고난 호기심 때문이다. 한 길은 가 봤으니 다음엔 가지 않은 길을 가 보고 싶은 마음이 나를 부추기기 때문이다.

결혼을 안 하고도 잘 살아갈 수 있는 자격은 한참 부족하지만, 그리고 결혼 안 하고 살아도 또 새로운 종류의 불평불만거리들을 끄집어내 내가 왜 결혼 안 했을까 백만 가지 넋두리를 늘어놓을 게 거의 확실하지만, 아무튼 이번 생은 결혼해 봤으니 그걸로 충분하고 다음 생은 한번 결혼 안 하고 살아 보고 싶다. 그래야 내가 진짜 어떤 사람인지, 결혼이 뭔지, 인생이 뭔지, 행복이 뭔지 그나마 좀 알 수 있지 않을까.

결혼해서 살아 보기도 하고, 결혼 안 하고 살아도 봐야 세 번째 생에서는 진정한 의미에서의 선택을 할 수 있을 것 같다.

그런데 만약 모든 것을 알고 선택했는데 그래도 후회하면 어쩌지. 차라리 이번처럼 그냥 모르고 하는 게 훨씬 나은 건가.

윤정주

결혼 20년차 일러스트레이터이자 만화가.
전업주부이자 글 쓰는 남편과 단둘이 달콤쌉쌀하게 살아온 경험을 한껏 살려
그림으로 그린 또 하나의 결혼이야기를 완성했다.
홍익대학교에서 회화를 공부했고, 『최승호 시인의 말놀이 동시집』『씨앗을 지키는 사람들』
『애벌레가 애벌레를 먹어요』『아카시아 파마』『연이네 설맞이』 등 많은 책에 그림을 그렸다.

결혼해도 괜찮아

초판 1쇄 발행 2015년 2월 21일
초판 4쇄 발행 2017년 9월 30일

지은이 박혜란 | 그린이 윤정주 | 사진 윤광준 | 펴낸이 이수미 | 편집 김연희 | 디자인 달뜸창작실
마케팅 김영란 | 출력 국제피알 | 종이 세종페이퍼 | 인쇄 두성피앤엘 | 유통 신영북스

펴낸곳 나무를 심는 사람들
출판신고 2013년 1월 7일 제 2013-000004호 | 주소 서울시 마포구 양화로 156 엘지팰리스 1509호
전화 02-3141-2233 팩스 02-3141-2257 | 이메일 nasimsabooks@naver.com
블로그 | blog.naver.com/nasimsabooks

글 ⓒ 박혜란 2015
그림 ⓒ 윤정주 2015
ISBN 979-11-86361-00-9 03810